Um caminho de FOGO e PAIXÃO

Título original: *Um Caminho de Fogo e Paixão*
Copyright © Editora Lafonte Ltda., 2020

Todos os direitos reservados.
Nenhuma parte deste livro pode ser reproduzida sob quaisquer
meios existentes sem autorização por escrito dos editores.

Direção Editorial *Ethel Santaella*
Revisão *Rita del Monaco*
Diagramação *Demetrios Cardozo*
Imagem de capa *Shutterstock*

Dados Internacionais de Catalogação na Publicação (CIP)
(Câmara Brasileira do Livro, SP, Brasil)

```
Montfort, Eleonora
   Um caminho de fogo e paixão / Eleonora
Montfort. -- 1. ed. -- São Paulo : Lafonte, 2020.

   ISBN 978-65-5870-030-2

   1. Ficção brasileira I. Título.

20-47226                              CDD-B869.3
```

Índices para catálogo sistemático:

1. Ficção : Literatura brasileira   B869.3

Maria Alice Ferreira - Bibliotecária - CRB-8/7964

Editora Lafonte

Av. Profª Ida Kolb, 551, Casa Verde, CEP 02518-000, São Paulo-SP, Brasil
Tel.: (+55) 11 3855-2100, CEP 02518-000, São Paulo-SP, Brasil
Atendimento ao leitor (+55) 11 3855- 2216 / 11 – 3855 - 2213 – *atendimento@editoralafonte.com.br*
Venda de livros avulsos (+55) 11 3855- 2216 – *vendas@editoralafonte.com.br*
Venda de livros no atacado (+55) 11 3855-2275 – *atacado@escala.com.br*

Um caminho de FOGO e PAIXÃO

ELEONORA MONTFORT

2020 - Brasil

Lafonte

CAPÍTULO 1

A estrada estava deserta. O sol inclemente parecia cozinhar o asfalto e uma onda de calor produzia a ilusão de que havia poças d'água adiante. O céu azul estava claro e brilhante. O caminho, ladeado por plantações de bananeiras e palmeiras, tinha uma vegetação típica da flora nordestina. Apesar de estar indo a trabalho, o passeio prometia ser muito agradável.

Helena dirigia havia duas horas e meia. Não conseguira pousar em Porto Seguro, que ficava mais perto de Santo André, um vilarejo no sul da Bahia, e tivera de alugar um carro em Salvador. A mudança de itinerário, causada por um problema no aeroporto, atrasara sua chegada, mas não a ponto de ser um transtorno. Afinal, não estava sendo esperada. Suspirou e consultou o relógio, ao pensar nisso. Tinha ainda, pelo menos, mais uma hora de viagem pela frente.

Passou a mão pelo cabelo castanho, cheio e ondulado, que deixara solto e ia até o meio das costas. Lembrou-se de que ele gostava da sua "juba", como dizia. O estômago doeu de nervoso. Aceitara fazer a matéria e não podia reclamar, mas não tinha ideia de como seria recebida ou que estratégia usaria para se reaproximar de Juliano.

Os olhos pequenos, tão pretos que não se distinguia as pupilas, pareciam contornados por um delineador; o espesso leque de cílios, pretos como a íris, acentuava essa impressão. Helena só vira aqueles olhos sérios e frios duas vezes e, depois da última, não os viu nunca mais.

Quando Helena conheceu Juliano, ele tinha doze anos; ela, treze. Helena perdera um ano de escola por causa de um acidente de carro que a deixara de cama por dois meses e fora da sala de aula por mais dois. Por isso, acabaram ficando na mesma sala. No primeiro dia de aula, já estava apaixonada.

A turma inteira estava de pé em torno de alguma coisa e gritava, torcia, incentivava. Havia uma confusão nos fundos da sala. Pelo resfolegar e o barulho seco característico de socos, viu que era uma briga. Tímida, Helena preferiu não se aproximar e se sentou na primeira cadeira ao lado da porta, ignorando os olhares ansiosos do garoto que se sentara ao seu lado, torcendo para que algum professor chegasse e desse fim ao tumulto.

– Juliano. Juliano. Juliano – incentivavam os meninos, num ritmo tribal, em voz baixa para evitar atrair a atenção da inspetora. O coro era acompanhado por um gesto do punho cerrado voltado para o chão, como se socassem algo invisível.

Helena se virou para o quadro negro, avessa a esse tipo de violência, e tirou o caderno da mochila. De repente, se voltou, ao perceber que a turma silenciara. Por uma fresta entre ombros e cotovelos, viu um garoto branco como pó de cal, com cabelos pretos, longos e escorridos, montado em cima do outro. Seu punho estava no ar e a outra mão agarrava o colarinho da camisa do adversário. Ele arfava. Uma trilha vermelha, brilhante, escorria de um corte sob o olho direito e manchava a gola da camiseta branca. O punho ficou no ar, parado, enquanto a turma prendia a respiração.

De repente, Juliano largou a camiseta do outro garoto, que caiu para trás, e se ergueu. Saiu empurrando os colegas que o cercavam e passou por Helena, pálido, os lábios pressionados com força um contra o outro, olhando fixamente para o fim do corredor.

Helena ficou sabendo, naquele momento, o possível motivo da briga. A turma explodiu, excitada, em teorias. Alguns diziam que ele não falava português, mas um dialeto inca, e não entendera uma piada inofensiva; outros explicaram que o garoto havia insultado a mãe de Juliano. Aquela cara de índio não combinava com o biótipo do pai, louro e de olhos azuis, que o deixara de carro na porta da escola. Bastou uma insinuação maliciosa do valentão da turma, que tinha o dobro do seu tamanho, para Juliano partir para cima dele.

Não foi contido. Eventos que davam colorido ao primeiro dia de aula eram sempre bem-vindos pelos alunos. A notícia do incidente logo se espalhou por todo o colégio e Juliano ganhou notoriedade instantânea.

Helena não foi notada pelos colegas, já que Juliano atraíra para si toda a atenção, o que foi um alívio. Quieta em seu canto, ela ouviu toda a sorte de observações a respeito dele. A demonstração de violência, que muitos haviam louvado como bravura, desagradara a jovem, que detestava esse tipo de conduta. Mas não podia negar que algo indefinível no rapaz fascinara o colégio inteiro. A imagem dele passando à sua frente, muito pálido, os olhos pretos furiosos, ficara gravada em seu cérebro e podia reproduzi-la, nítida, até hoje.

Naquele dia, Juliano ganhou vários apelidos. Um dos mais óbvios foi "Índio"; outros eram um pouco sombrios, como "Corvo". A garotada acreditava, inclusive, que um corvo anunciava sua chegada e que Juliano tinha poderes sobrenaturais, atribuídos à sua suposta origem indígena, sobre a qual ele nunca falou. Uma aura de mistério se criou à sua volta e sua postura resguardada e evasiva, em vez de servir de escudo contra a curiosidade alheia, acabou por torná-lo ainda mais popular.

Apesar de o evento ter lhe rendido uma repreensão, Juliano manteve a versão de que caíra no pátio, que foi prontamente confirmada pelo resto da turma. Depois de uma visita rápida à enfermaria, de onde saiu com um curativo sobre o corte, Juliano não foi mais visto. Helena o encontrou quando tentava localizar o laboratório de fotografia, que diziam existir no último andar do prédio.

Ele estava sentado no parapeito da janela, recostado em uma das pilastras, olhando para o céu branco, nublado. Ao ouvir ela se aproximar, Juliano se voltou, em silêncio, com cara de poucos amigos. Helena se sentou na mesma plataforma estreita, afastada dele, e recostou na outra pilastra, deixando as pernas balançarem no ar. Não era perigoso. Uma marquise de concreto no andar de baixo impedia quedas e bloqueava a visão do pátio.

Algo a atraía para perto dele e Helena temeu, por um instante, ser rechaçada. Mas não foi. Teve a impressão de estar sendo solenemente ignorada. Os dois ficaram ali, em silêncio, o resto da manhã, sem se falarem, encarando o céu nublado, deixando o vento úmido bater contra seus rostos. Helena fechou os olhos, sentindo as mechas dos cabelos anelados esvoaçarem, feliz por não ter de conversar, se apresentar, dizer de onde veio. Juliano descobrira um refúgio e, embora tivesse chegado primeiro, não se importou em compartilhá-lo com ela.

Helena só ficou sabendo que aquele tinha sido um momento importante para Juliano quase vinte anos depois, quando uma série de quadros foi revelada após uma briga judicial, onde o marchand com quem ele trabalhara reclamava direitos de propriedade sobre suas pinturas. O marchand alegara ter investido uma fortuna no jovem talento e se sentia no direito de ser recompensado com aquele lote.

O quadro mostrava uma menina morena, vestida com roupa de colégio, sentada em uma marquise, a cabeça recostada na pilastra, de olhos fechados, enquanto o vento despenteava seus fartos cabelos ondulados. O rosto suave era marcado por um nariz pequeno, arrebitado, e a boca cheia, em formato de coração. Parecia uma pintura antiga, um entalhe de camafeu. Chamava-se, simplesmente, "Helena".

O evento jogara um holofote sobre a superprotegida vida privada do famoso pintor. Revelara quadros inéditos, detalhes de seu casamento desfeito, a falta de caráter do marchand e resultara em uma relação ainda mais difícil entre Juliano e a imprensa especializada.

Juliano vencera a batalha judicial – a última instância de recurso para o marchand havia se esgotado há mais de um ano – e depois, literalmente, desaparecera. As especulações sobre seu paradeiro beiravam o absurdo: ele havia enlouquecido e estava internado em uma clínica psiquiátrica; se tornara um andarilho e vagava descalço por alguma capital do mundo; retornara às origens e vivia com os índios no meio da selva amazônica. Não havia qualquer notícia ou imagem dele em redes sociais, jornais ou revistas, câmeras de segurança. Até que, dois meses atrás, um colunista italiano especializado em artes plásticas soltou uma nota enigmática: uma exposição com obras inéditas de Juliano Sampaio seria realizada no fim ano. E esta era a única informação, cercada de mistério e expectativa, de quando o pintor reapareceria.

Helena dirigia enquanto a história de Juliano fervilhava em sua mente. Seu coração se agitou no peito, o estômago se contraiu de nervoso outra vez, diante da perspectiva do reencontro. Ela havia sido escolhida para se aproximar e tentar entrevistá-lo, por ter sido sua namorada na adolescência.

O fotógrafo da revista – Paulo César, seu ex-marido – havia revelado o namoro à equipe, durante uma reunião de pauta, e sugerira a matéria. Ele afirmava que Juliano estava no Brasil, pois descobrira que o pintor havia comprado uma casa em Santo André, na Bahia, embora o endereço indicasse apenas um nome de rua obscuro, sem número. A nota do colunista italiano sobre a exposição não revelava nada, mas o próprio *colunista* havia sido a pista crucial. Segundo Paulo César, ele visitara Santo André há alguns meses. Uma busca refinada revelara a conexão entre ele e Juliano, por intermédio da Academia de Belas Artes de Florença, onde o rapaz estudara e o colunista lecionara, na mesma época.

Helena se recusara a escrever a matéria, furiosa com Paulo César, pois, se Juliano se mantinha recluso, tinha suas razões. Ela não usaria seu antigo relacionamento com ele, que não terminara bem, como isca para uma aproximação. Mas a editora geral finalmente a convencera de que ela era, talvez, a única jornalista no Brasil a ter alguma possibilidade de acesso a Juliano. A divulgação do quadro era testemunho de que ela havia sido uma pessoa importante na vida dele. Juliano Sampaio não pintava retratos, e a descoberta de que ela era a "Helena" em questão, a impossibilitara de recusar. Ela aceitou, com a condição de que a matéria fosse estritamente focada no trabalho dele e na exposição, sem nenhum aspecto pessoal.

No fundo, estava ansiosa para encontrá-lo de novo. Queria acreditar que mais de vinte anos de separação seriam suficientes para apagar a mágoa do rompimento. Afinal, eram adolescentes. Ele certamente a receberia bem. Mas não tinha esperança de convencê-lo a dar a entrevista.

***

Helena estacionou atrás de uma caminhonete para aguardar a sua vez de entrar na balsa que a levaria a Santo André. O estuário se misturava às águas do rio, tornando o mar junto ao atracadouro enlameado, marrom-claro.

Ela precisou descer do carro assim que estacionou dentro da balsa. Era proibido ficar no interior do veículo durante a travessia. Saltou, a contragosto, para fora do ar condicionado. O sol forte atingiu seus braços desprotegidos. Tirou o filtro solar da bolsa e o reaplicou nos braços e no rosto. Depois, se debruçou nos cabos de aço que compunham um anteparo entre os passageiros e o mar, enquanto a balsa deslizava pelas águas turvas, vagarosamente. No horizonte, nuvens carregadas anunciavam chuva.

Helena havia reservado um chalé na Pousada do Vittorio, uma das mais conhecidas da região. Teria apenas duas semanas para encontrar Juliano e entrevistá-lo, se é que ele concordaria com a ideia.

E se ele estiver com alguém? ponderou. Sabia que ele tinha se separado da primeira mulher, mas certamente estava casado de novo ou tinha uma namorada. Nada mais natural. Precisava se preparar para isso. *Se preparar para o quê?* Não estava ali para reatar com ele, estava ali a trabalho.

O trajeto até Santo André levou apenas vinte minutos. Logo Helena pôde retornar para dentro do carro e continuar a viagem. Segundo as instruções que recebera do dono da pousada, só precisava seguir em frente pela estrada e entrar no primeiro caminho de terra batida. Não tinha o que errar. Esperava que não. Eram cinco e meia da tarde, logo estaria escuro.

***

O caminho até a Pousada do Vittorio era bem sinalizado. Apesar de estar escurecendo e não ter uma visão completa do lugar, Helena ficou encantada. Estacionou em um jardim bem cuidado, salpicado de flores e bromélias, com postes de luz amarela sinalizando as trilhas de areia sinuosas para os chalés, que ficavam ao redor da casa principal. A construção redonda, de madeira, tinha um pé-direito alto e um extraordinário telhado de palha. O salão não tinha divisórias e acomodava algumas mesas para refeição, um ambiente com dois sofás e era cercado por uma varanda ampla, circular, onde havia mais mesas.

A frente da pousada levava a outro jardim, que se estendia até a areia da praia. Dali, bastava algumas passadas para mergulhar no mar. Depois de fazer o registro, deixar as malas no chalé e tomar um banho, Helena se sentou na varanda e apreciou a paisagem.

Um rapaz magro e simpático veio perguntar se queria beber alguma coisa. Helena pediu uma cerveja e ficou observando as nuvens, que desabariam em uma tempestade em poucos minutos. O vento estava tão forte que varia as folhas das palmeiras e lançava rajadas de areia contra a varanda, atingindo suas pernas, protegidas pela calça jeans.

– Você saberia me dizer a que horas o Vittorio chega, por favor? – ela indagou, enquanto o rapaz enchia seu copo.

– Ele já tá chegando. Acho que chega antes de chuva.

No mesmo instante, pesados pingos de água atingiram a areia e uma cortina de chuva se materializou, do lado de fora. O jovem sorriu, sem jeito.

– Agora deu de chover *que nem se* fosse verão, no meio do outono. Mas se *avexe* não, passa logo.

Helena recuou sua cadeira, para se proteger dos respingos, e o rapaz ajudou a mover sua mesa para trás.

– Como é seu nome? – Helena indagou, simpática.

– Paulinho. Mas só me chamam de Ném.

Helena se ajeitou na cadeira e deu um gole na cerveja. Sem tempo a perder, foi direto ao assunto:

– Ném, por acaso você conhece o Juliano Sampaio?

O rapaz balançou a cabeça para os lados.

– Conheço não senhora. Tem ninguém aqui na pousada com esse nome não.

– Não aqui na pousada. Mas você conhece alguém aqui em Santo André com esse nome? Um artista plástico, um pintor. Ele comprou uma casa aqui.

Ném sacudiu a cabeça para os lados, sem graça, torcendo o pano de prato entre os dedos.

– Não senhora. Mas ele pode ter vindo aqui e eu não me lembro. Passa muito artista por aqui.

Helena insistiu.

– Ele é alto, tem o cabelo preto, muito liso...

Um sorriso se abriu, branco e animado, no rosto do rapaz. Ele se agitou, sacudindo as mãos.

– Ah! O *Índio*? É! Chega aqui uns *latão* de tinta pra ele, umas *caixa*, mas tudo no nome do Seu Vittorio. Sabia que o nome do Índio era Juliano não senhora.

O rosto de Helena acendeu.

– E você sabe onde é a casa dele?

Ném, de repente, ergueu a cabeça e se voltou para o interior da casa.

– Olha eles aí.

Helena deu um pulo da cadeira e, ao se virar, se deparou com Juliano e um homem mais velho, alto e grisalho, entrando no salão. Ném se adiantou para falar com o patrão.

– Seu Vittorio, a dona Helena já chegou. Ela tá procurando o Índio.

Enquanto o mais velho se aproximava para apertar sua mão, já se desculpando por não ter estado lá para recebê-la, Helena encarava Juliano, que parou de sacudir a água da roupa e dos braços ao ouvir seu apelido. Ele estava apenas um pouco mais encorpado de quando o vira pela última vez. O cabelo escorrido tinha um corte reto e atingia a altura dos ombros. Os olhos pretos continuavam idênticos.

A mão de Vittorio ficou solta no ar por alguns segundos até que Helena se moveu para apertá-la, mas o dono da pousada acabou se voltando para Juliano também, já que sua hóspede não tirava os olhos dele, surpresa por encontrá-lo ali, tão rápido, tão cedo...

– Helena – Juliano murmurou. Sua pele branca estava bronzeada, dourada. A camiseta bege havia colado em seu peito, delineando a musculatura longilínea, definida, e pingava sobre a calça de brim.

– Vocês se conhecem? – indagou Vittorio, alternando o olhar entre um e outro.

– Há muitos anos... – disse Helena, o coração acelerado, as mãos úmidas.

Juliano deu duas passadas largas em sua direção, sorrindo calorosamente, e abriu os braços.

– Essa mulher foi o primeiro amor da minha vida – declarou, contendo o impulso de abraçá-la no último instante, com medo de molhar suas roupas.

Vittorio riu, com cara de quem já entendeu tudo.

– Helena, é um prazer imenso te receber aqui! Seja muito bem-vinda. Você é muito especial – disse, com um olhar maroto. Depois se voltou para Ném – Vou trocar de roupa. O Índio vai ficar aqui esta noite, no chalé 3. Eu já volto. – E tornou a se dirigir à Helena. – Se me der licença, *bella*, nos vemos mais tarde.

Ela assentiu, um pouco sem graça. Juliano parara à sua frente, sorrindo, os olhos passeando pelo seu rosto com um brilho de satisfação misturado a algo que ela não conseguiu decifrar.

A água da chuva pingava em seus ombros, escorria pelos braços.

– Como assim, "especial"? – ela indagou.

– Contei pra ele a história do quadro. Tenho certeza que leu nos jornais. Há quanto tempo a gente não se vê?

Helena encolheu os ombros.

– Mais de vinte anos.

– Tudo isso? – ele indagou, franzindo a testa. – Você está igual. Parece que estou te vendo na porta do colégio.

– Fala sério, Juliano – ela disse, bem-humorada. – Já entrei nos "*enta*".

Ele estendeu a mão e tocou seu cabelo, de leve.

– Não mudou. Não mudou nada...

– É, a juba é a mesma – Helena falou, tímida com a falta de cerimônia dele.

De repente, ele percebeu que estava próximo demais e deu um passo atrás.

– Seu marido veio com você?

Helena estranhou o fato de ele não chamar o amigo pelo nome.

– Eu e o Paulo César nos separamos há séculos.

Ele ergueu as sobrancelhas, surpreso.

– Ah, eu não sabia! – Depois cruzou os braços. – E você? Me fala de você. O que tem feito? E a fotografia? O que veio fazer em Santo André?

Nesse momento, Ném surgiu com uma toalha e a jogou para Juliano.

– Seu Vittorio mandou dizer que ele te empresta uma roupa seca.

Helena ficou aliviada com a interrupção. Não era o momento de trazer o assunto à tona.

– É melhor você trocar de roupa mesmo, ou vai pegar uma gripe.

Juliano assentiu, dando passos para trás, enquanto dizia:

– Já volto. Um minuto. Fica aí. Não vá embora.

Helena ficou olhando ele correr pela chuva até a casa do amigo. Percebeu que suas mãos estavam frias e seu corpo tremia por dentro. A chuva refrescara a temperatura, mas não podia atribuir isso ao frio. Ela ficou ali, parada, desejando que o encontro tivesse sido apenas uma coincidência, que não tivesse uma "agenda", torcendo para que ele não reagisse mal quando soubesse o verdadeiro motivo.

CAPÍTULO 2

Ném colocou a travessa de moqueca de peixe na mesa, junto com o arroz e a farofa de dendê. Vittorio pegou o prato de Helena para servi-la, enquanto Juliano se debruçava sobre a comida para pegar a garrafa de vinho e encher as taças. Ele vestia a camisa de tecido azul-escuro emprestada do amigo, as mangas compridas dobradas acima dos punhos. Estava larga nele e tinha um corte refinado que destoava do estilo naturalmente despojado de Juliano.

– A única diferença – Helena disse para Vittorio, antes de começar a comer. – é que ele usava o cabelo quase na cintura, com uma franja mal cortada caindo nos olhos, e ficava com mais cara de índio ainda. Se bem que os índios brasileiros não usam cabelo tão comprido, que eu saiba.

Vittorio riu da imagem. Juliano sacudiu a cabeça para os lados, enquanto enchia sua taça.

– Sabia que você ia acabar me entregando. Eu tinha dezessete anos! Era ridículo, eu sei.

Vittorio se voltou para ele, interessado.

– Eu sei que você detesta falar do seu passado, mas, afinal, você tem ou não tem ascendência indígena?

— Minha mãe teve um caso com um peruano quando era casada com o homem que considero meu pai. Acho que ele tinha ascendência indígena, mas ela nunca entrou em detalhes. Ela era de família escandinava e eu acabei assim, branco desse jeito e com cara de índio.

— Também chamavam ele de "Assum Preto" e, eventualmente, rolava um "Branca de Neve". Mas o mais solene de todos era "Corvo". Desse você bem que gostava, admita.

Juliano sorriu, fingindo estar concentrado na comida, e não disse nada. Vittorio olhou interrogativamente para ela.

— Tinha um mito na escola que o Juliano, por ser índio, era meio bruxo, e que corvos grasnavam anunciando a sua chegada — explicou Helena, com um gesto solene. — Bem, eu nunca vi corvos na zona sul do Rio de Janeiro, mas que a gente ouvia corvos grasnarem, ouvia. Um mistério! Você bem que alimentava os rumores.

Juliano ergueu os olhos.

— Eu só não negava. Quem imitava o corvo era o Paulo César, seu ex.

Helena abriu a boca, surpresa, exclamou:

— *Mentira*! Não acredito! O Paulo César? Mas que cretino!

— Ele começou a imitar quando me chamaram de Corvo pela primeira vez. Ninguém percebeu que era ele. Eu mesmo levei um tempão para descobrir. Ele nunca te contou isso?! — ele indagou, rindo.

— Não! Eu era uma das otárias, então, que achava que algo sobrenatural te rondava.

Juliano riu alto.

— Acreditava nada! Você sempre foi cética quanto aos meus supostos *poderes sobrenaturais*.

Helena encolheu os ombros.

– Então, era o cretino do Paulo César... – falou, o olhar perdido, como se lembrasse daqueles momentos. – Claro. Vocês estavam sempre juntos. Você sempre entrava primeiro na sala... Lógico, como não percebi isso?

– Ele fazia um som no fundo da garganta, por trás dos lábios, não dava pra ver. Sensacional.

– Mas tinha outra coisa, Juliano. Eu era cética, sim, mas aconteciam coisas estranhas ao seu redor. E aquela vez que você jogou uma praga no Ivan? O garoto apareceu com a cara coberta de espinhas no dia seguinte.

Vittorio intercalava a atenção entre um e outro, acompanhando a conversa. Juliano deu um gole no vinho e pousou a taça na mesa antes de explicar.

– Pura coincidência. Mas algumas pessoas tinham medo de mim por causa disso e me deixavam em paz.

– Você nunca gostou da fama, não é? Mas ela te persegue! – Vittorio exclamou, com um toque irônico.

– Um brinde ao anonimato! – exclamou Juliano, erguendo a taça.

Helena sentiu o estômago se contorcer de nervoso. Como iria dizer a verdadeira razão da sua presença ali? Acompanhou o brinde junto com Vittorio.

– Fama faz parte do reconhecimento. É, em parte, o que faz os preços dos teus quadros subirem, não é? – perguntou o dono da pousada.

– Quero acreditar que seja a qualidade deles – Juliano retrucou. – Mas não sou ingênuo a esse ponto.

– Se *você* fica conhecido, gera interesse no seu trabalho e aumenta o valor.

– Eu não faço esse jogo – rebateu Juliano, ofendido.

Helena reconheceu o trejeito antigo dele de abaixar a cabeça, unir levemente as sobrancelhas e fixar o olhar, como uma águia focando seu alvo. Um novo calor percorreu seu corpo, mas, dessa vez, não foi de nervoso.

Vittorio não se intimidou.

– Isso independe da sua vontade, *mio caríssimo amico*. Quando mais você se esconde, mas deixa a imprensa louca atrás de você.

– O que tanto as pessoas querem saber da minha vida? O que interessa com quem eu saio ou deixo de sair, onde eu moro, do que eu gosto ou deixo de gostar? O que eu sou está nos meus quadros.

– Seus quadros são abstratos – disse Vittorio, cruzando os talheres dentro do prato vazio.

Diante da tirada, Juliano foi forçado a sorrir. Helena não conseguiu rir com ele. Pensou seriamente em desistir da matéria.

* * *

Ao fim do jantar, Vittorio se desculpou dizendo que precisava acordar cedo no dia seguinte e os deixou a sós. Helena e Juliano se mudaram para o outro ambiente do salão, que estava vazio, pois eram os únicos hóspedes da pousada.

– Mas, afinal, o que você está fazendo aqui? – perguntou Juliano, enquanto os dois se sentavam em um dos sofás. Ele pousou sua taça de vinho branco na mesa de centro.

– Uns amigos me recomendaram essa pousada... – foi a única coisa que lhe ocorreu dizer. Não era o momento ainda, pensou consigo mesma, torcendo para estar certa.

Juliano assentiu e se recostou relaxadamente, passando um dos braços sobre o encosto para ficar de frente para ela.

– Este lugar é incrível. Conheci o Vittorio em Florença. Na época, ele tinha planos de comprar uma casa aqui e falava deste lugar como o paraíso na Terra. A minha casa fica a uns quinze quilômetros daqui, praia acima. É um paraíso. O melhor é que tem alguns lugares aqui em volta que ainda não foram descobertos pelos turistas.

Helena recostou também, do mesmo jeito que ele. Ficaram se encarando por alguns segundos, em silêncio.

– Como foi em Florença? Sei que voltou de lá consagrado, mas não deve ter sido fácil ir para a Europa sozinho, tão jovem.

Ele desviou o olhar momentaneamente para a própria mão, depois tornou a encará-la.

– Difícil foi ir para a Europa sozinho, tão jovem, com o coração arrebentado.

Helena não queria entrar naquele assunto. Não disse nada. Juliano percebeu e continuou.

– Foi... surreal – murmurou, como se falasse consigo mesmo. – Hiper-real. Sei lá. Eu tinha dezoito anos e estava naquela escola, junto com profissionais. Ao mesmo tempo, tinha de me preocupar em ter o que comer. A Academia me deu a bolsa, mas, em termos europeus, era pouca grana. Não estou reclamando, de forma alguma. É que eu estava acostumado com outro padrão de vida aqui no Brasil. Lá eu descobri que era um *filhinho de papai*.

Helena absorvia suas palavras, os olhos fixos nos lábios dele e tinha a sensação de que tempo algum havia se passado desde a última vez que o beijara. Mas não era verdade. Uma vida inteira se passara.

– Eu não estava acostumado com o frio – Juliano continuou, diante do silêncio dela. – Meus casacos não eram suficientes. Eu ficava até tarde na Academia para aproveitar a calefação, pois, no quarto que eu alugava, o proprietário economizava energia e desligava muito cedo. E ficava lá pintando, depois da aula, depois que todo mundo já tinha ido embora, mergulhado no silêncio, no eco que os prédios antigos fazem, imprimindo na tela aquela dor insuportável.

Helena respirou fundo, desconfortável. Passou a mão no cabelo, depois pegou a taça para se ocupar. Bebeu um gole do vinho.

– Eu nunca entendi – ele disse, os olhos de águia sobre ela.

– Nunca entendeu o quê? – Helena retrucou, fingindo não saber do que se tratava, o coração descompassado.

– A gente se gostava tanto. Por quê? Por que o Paulo César? Por que o meu melhor amigo?

Helena devolveu a taça à mesa, sentindo uma onda de irritação tomar seu peito e, ao mesmo tempo, convencida da impropriedade daquele sentimento. *Vinte anos! Isso tem mais de vinte anos!* pensava.

– Por que está perguntando isso *agora*, Juliano? Naquela época, você não quis saber.

Ele recuou o corpo, como se Helena tivesse dito algo absurdo.

– Você aceitou as "evidências" como fatos inquestionáveis – ela continuou. – Brigou comigo. Terminou comigo e foi embora. Você nunca parou para me ouvir.

– Você há de convir comigo que os fatos eram bastante eloquentes...

– Mas não eram verdade – ela interrompeu.

Juliano abaixou a cabeça e sorriu, irônico, como se aquele argumento fosse velho.

– Você *se casou* com o Paulo César.

– Sim, me casei porque ele ficou do meu lado o tempo todo. Ele sabia o quanto eu gostava de você e respeitou isso. Ele nunca me pressionou. Mas o fato é que você aceitou as "provas" de uma traição que nunca aconteceu. E eu me dei conta de que você nunca confiou em mim.

– Eu vi! – ele retrucou, com raiva.

– Viu o quê? – indagou Helena, sem entender.

– Eu vi você e o Paulo César abraçados, se beijando, naquele canto do pátio. Eu tinha voltado para dizer que te amava e que queria ficar com você, mesmo depois de ter visto aquelas fotos, mas vocês estavam juntos, ali, na minha cara!

Foi a vez de Helena franzir a testa, chocada. Ela não sabia disso. Mas se lembrou da cena.

– A gente *não estava* se beijando! Eu estava desesperada, em prantos, por que você tinha terminado comigo sem motivo e tinha dito coisas horríveis. Eu estava descontrolada. Ele me abraçou...

– E te beijou – ele concluiu.

– Não!

Helena se lembrou que Paulo César havia segurado seu rosto com as duas mãos e tinha lhe dado um beijo na face. Mas se deu conta de que, de longe, pode ter parecido outra coisa.

– Não! A gente não estava se beijando, Juliano. Nunca rolou nada entre mim e o Paulo César quando estávamos juntos.

– Só rolou depois que eu me afastei. Aí, você casou com ele. Ah, Helena, o que você queria que eu pensasse?

Helena suspirou, aflita, querendo encerrar aquela discussão anacrônica e despropositada. Os dois eram adultos agora, como podiam ainda estar discutindo daquele jeito?

– Eu queria que você tivesse confiado em mim.

Juliano sorriu novamente, amargo, e meneou a cabeça. Mas não argumentou. Helena sentiu uma pontada no peito, uma dor que rememorava ou revivia, mas que fora sua companheira por muitos anos, mesmo depois de casada.

– Você *nunca* acreditou em mim – constatou. – Não acredita até hoje.

Juliano se desencostou do sofá e se voltou para a taça de vinho sobre a mesa.

– Quando eu vi aquelas fotos... Vocês dois juntos, ou parecendo estar juntos, que seja... Tá certo, eu enlouqueci de ciúme, de raiva. E disse aquelas coisas todas. Mas eu não podia acreditar que você fosse capaz de me trair, ainda menos com o meu melhor amigo. Eu sabia que você não era. Mas quando vi vocês escondidos naquela fresta do pátio, abraçados, Helena. Não era uma foto mal tirada, não era uma fofoca, eram os meus próprios olhos.

Helena também colocou as pernas para frente, da mesma forma que ele fizera. Aproximou-se um pouco mais e falou, num tom baixo e calmo:

– Não aconteceu nada.

Juliano se voltou para ela, a boca entreaberta, como se precisasse dizer alguma coisa e não soubesse o quê. Depois de alguns momentos em silêncio, ele indagou, o sorriso escondido no canto dos lábios.

– E como é que, agora, eu vou poder viver com a ideia de que todo aquele inferno não passou de um mal-entendido?

Helena sorriu, tentando ser compreensiva, deixar o passado para trás.

– Mas você encontrou o amor de novo. Você também se casou.

Ele ergueu as sobrancelhas, assentindo.

– O jeito anárquico da Nina me arrancou da depressão. A gente tinha muito em comum, artisticamente falando, gostava das mesmas coisas, tinha as mesmas influências, mas ela era muito mais ousada do que eu. A gente decidiu se casar depois de fazer um *tour* pela Europa, com a mochila nas costas, visitando todos os museus do continente. Todos: dos mais obscuros até os mais famosos. Ficamos mais de dois anos viajando... Muito mais... Eu perdi a noção do tempo.

– Que loucura! Mas deve ter sido divertido – Helena murmurou, feliz em conhecer partes da vida dele até então inacessíveis.

— Foi uma loucura mesmo. Eu não faria de novo. A gente *literalmente* dormia debaixo da ponte, ficava dias sem ter o que comer. Mas, quando voltamos pra Florença, comecei a produzir alucinadamente. Parecia que alguma coisa tinha se rompido dentro de mim, soltado as amarras. A Nina também pintava e conhecia muita gente do meio artístico. Alguém veio ver o trabalho dela e viu o meu. E foi assim, do dia pra noite. Reconhecimento. Notoriedade. De repente, eu tinha grana até para andar de táxi!

— E por que terminou?

— O casamento? Porque era uma combustão, uma explosão. Quando eu comecei a expor pelo mundo, quis voltar para o Brasil. Eu queria sossego, um lugar isolado para pintar, fora do circuito das *celebridades* – falou, num tom pejorativo – A Nina é da noite, adora festa, badalação. Ela morreu de tédio aqui.

— Vocês tiveram filhos?

Ele desviou o olhar para o copo, depois o tomou nas mãos.

— Tentamos. Ela sofreu dois abortos espontâneos. A gente se separou logo depois. E você, teve?

Helena ficou em silêncio por um momento, absorvendo aquela informação dolorosa.

— Sinto muito... Deve ter sido difícil – murmurou, simpática. Quando ele não voltou ao assunto, ela prosseguiu. – Não. Não fiquei casada com o Paulo César tempo suficiente. No segundo ano de casamento, eu me dei conta de que o Paulo era só um amigo e nos separamos. Eu não quis ter filhos com ele.

— Mas você se casou de novo? E agora, está com alguém?

Helena ia responder quando Ném se aproximou, pé ante pé para não os incomodar, dizendo que estava fechando a cozinha e ia dormir. Só então ela reparou que as portas da varanda haviam sido fechadas e, com uma olhada no relógio, viu que eram quase duas da manhã.

Juliano se ergueu.

– Desculpe, Ném. Não vi o tempo passar. Não precisava ter ficado acordado até agora, devia ter nos avisado que era tão tarde.

Helena também se ergueu, concordando com a cabeça. O rapaz apenas sorriu, dizendo que Juliano podia deixar a porta de vidro encostada quando fosse dormir e, depois de se despedir dos dois, desapareceu no breu do jardim.

– Bem, está tarde mesmo – disse Helena, sem sono ou vontade alguma de ir dormir, apesar de estar com o corpo moído pelas horas de estrada que enfrentara.

– Amanhã você ainda vai estar aqui?

– Vou.

Ele havia se aproximado, como se estivesse se dirigindo para a porta, mas parou diante dela.

– E está? – indagou.

Helena não entendeu.

– O quê?

– Com alguém?

– Não. Não estou.

Ele assentiu, sorrindo. Depois a contornou e seguiu para seu chalé.

CAPÍTULO 3

Helena acordou com a luminosidade do dia atravessando as frestas da janela. Um facho de sol incidia sobre seu rosto, obrigando-a a despertar. Depois de fazer uma toalete rápida, vestiu o maiô e saiu para tomar café. Estava ansiosa para encontrar Juliano. Precisava falar sobre a entrevista o mais rápido possível.

No salão principal, encontrou apenas Ném terminando de colocar a mesa de café da manhã. A variedade de frutas, pães e doces a fez ficar com água na boca. Para completar a tentação, havia um prato de rabanadas ainda fumegando, cobertas com uma camada fina de açúcar e canela.

Quando Ném retornou com o leite quente e uma garrafa térmica de café, ela perguntou:

– Sabe se o Índio já acordou, já tomou café?

– Já, sim senhora, mas não sei pra onde ele foi, não. Seu Vittorio saiu logo cedo pra Porto Seguro.

Helena suspirou. Tinha esperanças de falar com ele logo, antes que a situação ficasse ainda mais delicada. Mordeu um pão de leite, que ainda estava quente e derreteu em sua boca, enquanto apreciava o mar.

A manhã estava fresca, quase fria, por causa do vento do oceano. O céu, no entanto, estava límpido, azul-piscina. As ondas de Santo André eram escuras, e o mar verde-musgo parecia fundo e pesado, mas era manso e lambia preguiçosamente a areia da praia, salpicada de conchas trazidas pela maré.

Quando terminou de comer, Helena foi até a beira da praia e pôde ver a extensão da linha costeira, que, de um lado, terminava numa pequena península, onde os pescadores ancoravam seus barcos, e do outro, se estendia até uma curva que impedia a sua visão completa. Não havia outras construções à vista. A praia estava deserta.

– Se contornar aquela curva lá no fim... – ela ouviu atrás de si.

Voltou-se e se deparou com Juliano às suas costas, apontando para a direção para onde olhava.

– ...vai ver uma extensão de praia do mesmo tamanho que esta e uma nova curva. Se conseguir caminhar para além da segunda curva, vai chegar à minha casa.

Ele sorria, os cabelos pretos soltos esvoaçavam em seu rosto e sobre seus ombros, os olhos de corvo apertados, para protegê-los da luminosidade. Juliano tinha um corpo longilíneo, uma musculatura suavemente marcada e proporcional. Vestia uma sunga larga marrom e tinha áreas do corpo bastante queimadas, douradas, e outras mais claras, mostrando que sua pele se ressentia da exposição exagerada ao sol. Ele não tinha barba nem pelos no peito, como os índios, mas era alto e seus traços, menos arredondados.

– Que foi? – ele indagou, diante do seu olhar incisivo.

Helena se deu conta de que o encarava, muda, há algum tempo.

– Nada. Desculpe – disse e se voltou novamente para a direção da curva, onde ficava a casa dele. – Quanto tempo levaria para chegar até sua casa a pé?

– Pela praia? É longe, uns vinte quilômetros. Levaria algumas horas. Pela estrada é um pouco mais perto, uns quinze. Quer dar uma caminhada?

– Até lá?

Ele riu.

– Nem eu aguento andar até lá, debaixo do sol. Depois eu te levo de carro.

Helena fez um sinal de *"espera um pouco"* com as mãos.

– Deixa eu pegar o filtro solar e um chapéu. Só um instante.

Helena correu até o salão, onde havia deixado as coisas sobre a mesa de café da manhã. Seu estômago se encheu de adrenalina novamente. Respirou fundo e tomou coragem para retornar para junto dele.

Começaram a caminhar lentamente, os pés afundando na areia fofa, até que Juliano a guiou para perto da água, onde era mais firme. Uma onda surpreendente morna alcançou seus pés. Ela olhou para baixo, com medo de molhar a canga que enrolara em torno da cintura. Percebeu que Juliano riu ao seu lado.

– Você ainda tem vergonha das tuas pernas, Helena? É por isso que está de canga e maiô?

– Eh... *Hein*? – ela gaguejou. Aquele tipo de comentário, que deixa qualquer mulher sem graça, era típico dele. – Minhas pernas são horríveis. Sempre foram! – retrucou, tentando soar honesta e à vontade. – Estou acima do peso e não sou mais uma garotinha.

– Você tem essa imagem de si mesma desde que te conheço... quando era uma garotinha – ele disse, ainda rindo, fazendo questão de parar para examinar seu corpo. – Você é linda. Sempre foi linda.

Helena sorriu de lado, tímida, sem saber como reagir.

– Para com isso, Juliano. Você está me deixando sem graça.

Ele tornou a olhar para frente.

– O que você tem feito, afinal? Está trabalhando em quê? Você ainda fotografa?

Diante da pergunta, Helena parou. Juliano fez o mesmo e ficou aguardando a resposta.

– Sou jornalista. Não estou aqui por acaso – Helena disse, apreensiva.

Ele franziu levemente as sobrancelhas, o movimento que precedia o perigoso olhar de águia. Ela ergueu a cabeça para encará-lo.

– Vim fazer uma reportagem – ela prosseguiu.

– Sobre paraísos brasileiros, espero – ele cortou, seco.

– Sobre você – ela falou, ainda mais tensa e, paradoxalmente, aliviada. Preparou-se para a explosão de ira, mas Juliano desviou o olhar para a areia e sacudiu a cabeça para os lados. A expressão de desapontamento doeu mais do que se ele tivesse gritado, xingado.

– *Uau* – ele murmurou. – Por essa eu não esperava. – Seu maxilar se contraiu, os músculos do pescoço ficaram delineados.

— E o que você pretende escrever nesta reportagem? Já está aqui, já sabe onde estou, tem um monte de gente aqui que pode falar a meu respeito. Embora eles sejam, na maioria, pescadores e moradores dos vilarejos. Não sei se vão despertar o interesse do teu público — continuou, amargo, tentando, sem sucesso, manter a voz sob controle.

Helena não mordeu a isca.

— Apenas o que acordarmos. Se não quiser, não vou insistir. Eu entendo...

— Entende, Helena? Pelo visto, você não entende nada! O que acha que eu vim fazer aqui? Quem disse que eu quero ser assunto de revista, de jornal, de reportagem? Se entendesse isso, não teria vindo.

— Se você não quiser fazer a entrevista, tudo bem. E vou embora e nunca mais toco mais nesse assunto.

— Quem foi que te mandou? Ou foi ideia sua? Ah, nós fomos namorados, quem sabe ele abre seu coração e revela seus segredos? — ele retrucou, sarcástico. — Se você veio aqui atrás disso, pode dar meia volta e ir embora agora. Eu não tenho segredos, Helena. Não tenho mais! A minha vida foi dissecada e debatida por milhares de desconhecidos que leram as opiniões dos jornalistas, cada um com a sua versão dos "fatos", com as suas pretensas "verdades"!

— Eu trabalho em uma revista especializada em artes plásticas. É claro que soubemos do problema com o marchand e eu sei que foi horrível. Vi o quadro... O pessoal da revista achou que...

— O pessoal da revista? — ele indagou, ainda mais ácido.

— Eu sou a editora de arte. Mas o pessoal viu que era eu no quadro — Helena continuou, disposta a não ceder à irritação nem às provocações dele. — Achei que podia fazer uma reportagem sobre o seu trabalho. Não é pessoal, Juliano, a revista tem um conteúdo de arte, para profissionais da área, não é para o grande público.

Ele fixou o olhar no horizonte. Helena sentiu o quanto ele estava transtornado, mas ainda sob controle. O fato de ainda não a ter deixado falando sozinha era um bom sinal.

– Quero conhecer o seu trabalho, as suas técnicas, como cria. Juro que não é mais uma matéria para expor a sua vida, mas para falar da sua arte. Você é um ícone da nova geração, Juliano. Você não é apenas *mais um* pintor, você é uma influência.

Juliano parecia não estar ouvindo uma palavra do que ela dizia. Enquanto as pronunciava, Helena se dava conta de que aqueles argumentos não o convenceriam. Não era essa a razão pela qual ele pintava.

Lembrou-se de quando, aos dezesseis anos, ele passara três dias trancado na garagem de sua casa, onde seus pais haviam montado um pequeno ateliê. Haviam chamado Helena para arrancá-lo de lá, fazê-lo comer, tomar banho. Quando ela conseguiu entrar, mal pôde diferenciar o garoto da pintura, do próprio ateliê. Estava tudo coberto de tinta. Ele pintara um painel imenso com as mãos, com seu próprio corpo. Estava com febre, esgotado e intoxicado com a tinta a óleo que parecia ter sido seu alimento naquele período. Aquele painel foi seu ingresso para a Academia de Belas Artes de Florença. Juliano não pintava por amor, por arte, por dinheiro. Pintava porque, se não pintasse, morreria.

– Você ainda não respondeu à minha pergunta – ele murmurou, ainda sem encará-la, retomando a caminhada, forçando Helena a acompanhá-lo.

– Qual pergunta?

– Você ainda fotografa?

Fotografia tinha sido a paixão de Helena na adolescência.

– Eu costumo andar com a câmera desde aquela época.

Em geral, fotografo com o celular, que é mais prático, mas tenho uma câmera eletrônica boa. Sim, ainda fotografo, mas não profissionalmente.

– Pena. Você tem um olho extraordinário. Durante muito tempo, depois que a gente se separou, eu fiquei esperando ver suas fotos em revistas, em exposições, mas nunca aconteceu. Depois pensei melhor: você nunca teve coragem.

– Como assim? – ela indagou, sem saber se ele estava brincando ou falando sério.

– Você sempre preferiu as trilhas seguras, Helena – ele disse, ainda encarando a praia diante deles.

– E você *"o caminho menos percorrido"*. – ela retrucou, rindo, e recitou o trecho da poesia de Robert Frost que ele sempre citava quando eram namorados – *"Duas estradas se bifurcavam em uma árvore. E eu peguei o caminho menos percorrido. E isso fez toda a diferença"*.

Ele riu, mais relaxado.

– E *fez* toda a diferença!

Os dois continuaram caminhando em silêncio, pensativos. Helena tirara um peso do peito por ter dito a verdade, embora estivesse convencida de que ele não aceitaria sua proposta e arrependida de tê-la feito. Ele a havia recebido de forma tão calorosa. Agora, tinha certeza de que seu comportamento mudaria.

– Eu preferia que nosso encontro tivesse sido só uma coincidência – ele murmurou, confirmando suas suspeitas. Depois parou de andar e se voltou para ela. – Se eu disser não, você vai embora?

– Bem, não sei. Você prefere que eu vá?

– Não. Quero que fique, mesmo que eu não aceite fazer a entrevista.

Helena sentiu o peito esquentar, a respiração ficou mais difícil.

– Talvez... Não depende só de mim.

– Eu tenho que voltar para a pousada – ele disse, de repente, como se tivesse acabado de se lembrar de alguma coisa. – O Vittorio foi a Porto Seguro e vai aproveitar para comprar a peça do meu carro que quebrou. Já deve ter chegado.

– E quando consertar seu carro, você vai voltar para casa?

– Vou. Estava indo comprar mantimentos quando o carro quebrou, ontem. Ainda tenho que fazer isso. Você vai estar aqui amanhã?

Helena assentiu com a cabeça. Ele se abaixou e aproximou os lábios de seu rosto. O calor de sua pele a envolveu por breves segundos enquanto ele beijava sua face. Sentiu novamente seu cheiro e foi inundada por uma sensação familiar, há muito esquecida, que retornava com força. Estremeceu do mesmo jeito que quando se beijaram pela primeira vez.

Juliano seguiu sozinho pela areia, de volta à pousada. Poderia ter ido com ele, mas não conseguiu. Ficou olhando ele desaparecer de seu campo de visão, pensando na decisão que precisava tomar.

***

A caminhada de volta pareceu mais longa do que a de ida. Demorou um tempo enorme para chegar à pousada e estava exausta. Caminhara até a primeira curva, curiosa para ver se teria fôlego para alcançar a casa de Juliano em outra oportunidade. Ao chegar, percebeu que, mesmo se estivesse descansada, seria impossível. Não tinha o hábito nem o preparo físico para andar tanto.

Somente quando se despiu para tomar banho é que reparou o quanto havia se queimado, a despeito do filtro solar. Como era morena, não usou nada muito forte, mas o vento a enganara, fazendo crer que a temperatura estava fresca e, por isso, o sol estava fraco. As marcas das alças do maiô ficaram nítidas nos ombros vermelhos. Seu nariz e faces estavam igualmente vermelhos, assim como os joelhos, já que as coxas haviam sido protegidas pela canga.

Vestiu uma saia comprida de viscose vinho, florida, com uma camiseta branca e colocou um casaquinho de linha, também branco, por cima. Encaminhou-se para o salão com a intenção de almoçar, embora já fosse quase seis horas da tarde. Ném avisou que o jantar seria servido a partir das sete e trouxe aperitivos para enganar a fome. Helena se sentou na varanda e pediu um refrigerante.

De repente, ouviu passos atrás de si. Voltou-se, na esperança de que fosse Juliano. Era Vittorio.

— Sua pousada é uma delícia – Helena disse para ele, enquanto o observava se sentar na espreguiçadeira ao seu lado.

— *Grazie* – ele respondeu, com um gesto de cabeça. Vittorio era um homem elegante, os traços italianos marcados pela pele curtida de sol, os cabelos muito curtos, brancos, olhos azuis e um sorriso de ator de cinema.

— Tudo é uma delícia: os quartos, a comida, o serviço. Estou encantada. As receitas são deliciosas! São pratos simples, mas com um toque especial. Os quartos também são confortáveis, aconchegantes. Posso fazer propaganda lá no Rio?

Vittorio sorriu.

— Por favor! A maioria das pessoas que vêm para cá são amigos, gente que vem todos os anos. Se quiser vir para o Natal, *Réveillon* ou no Carnaval, tem de reservar com antecedência.

Apesar de o português de Vittorio ser perfeito, ela percebia um leve sotaque italiano na melodia das frases.

— Há quanto tempo você mora aqui? – Helena indagou, curiosa.

— No Brasil? Há mais de quarenta anos. Em Santo André, vinte e cinco. Quando cheguei aqui, só tinha pescador. Depois começaram a abrir pousadas, pavimentaram a estrada. Mesmo assim, o acesso ainda é difícil, a cidade é meio precária, embora tenha melhorado muito.

– Há quanto tempo você conhece o Juliano?

Vittorio sorriu, mais uma vez, com o canto da boca, como se estivesse esperando a pergunta.

– Eu conheci o Juliano em Florença. Passo metade do ano na Itália. Meus pais moram em Milão, onde costumo ficar. Eu estava procurando uns azulejos para trazer para cá quando soube desse rapaz brasileiro que havia alugado o sótão da casa de um casal amigo meu. Fiquei impressionado com o trabalho dele e com o fato de ser tão jovem.

Helena assentia com a cabeça. Ficou imaginando se tivessem ficado juntos. Talvez ele não tivesse ido para Florença. Ela não teria tido coragem de ir com ele, ainda tão jovem. Teria estragado sua carreira? Talvez a separação deles não tivesse sido, afinal, tão ruim. A arte era o destino dele e ela teria sido um obstáculo.

– Contei para ele que tinha uma casa aqui – Vittorio continuou. – Eu era tão obcecado por este lugar quanto ele pela pintura. Quando ele voltou para o Brasil, eu o convidei para conhecer a pousada. Ele acabou comprando uma propriedade mais para o Norte. É uma chácara bem grande, que ele reformou. Levou três anos para torná-la habitável. Mas ficou um espetáculo. Ele deve te levar lá, tem muito orgulho dela.

Helena desviou o olhar para sua bebida.

– Quem sabe? – murmurou, desanimada.

– Que coincidência o reencontro de vocês! Afinal, esse não é exatamente um lugar onde a gente espera encontrar muita gente, muito menos amigos de infância – disse Vittorio, animado.

– Não foi coincidência.

O italiano ergueu as sobrancelhas, com um olhar interrogativo.

– Vim fazer uma reportagem com ele. Sabia que estava em Santo André, só não sabia onde.

A expressão amigável de Vittorio se fechou, preocupada.

– Ele sabe disso?

– Falei para ele hoje de manhã. Por isso, não sei se ele vai me levar à sua casa. Provavelmente, não.

Vittorio reclinou para frente, apoiou os cotovelos sobre os joelhos e a encarou.

– Se ele não te mandou embora, ainda resta uma esperança – ele disse, com um sorriso condescendente. – Mas tenha cuidado, Helena. Se você tem uma boa razão para fazer essa reportagem, muito bem, tente. Se não tiver, não exponha o Juliano desnecessariamente.

Depois ele abaixou os olhos para as mãos, como se refletisse sobre o que pretendia dizer.

– Conheço o Juliano desde garoto. Acompanhei a trajetória dele de perto. E ainda fico abismado com a forma como ele pinta, com paixão, com fúria, com desespero, como se estivesse prestes a sufocar. – Ele fez uma pausa para suspirar e tornou a encará-la. – Como ele mesmo disse ontem, o que ele é está impresso em seus quadros, sem disfarces, sem filtros. Mas é preciso ter olhos sensíveis para ver. Pedir mais do que isso a ele é violar esse limite que o protege, que o mantém inteiro. Não faça isso.

CAPÍTULO 4

A tela branca do computador iluminava o quarto, cujas cortinas Helena havia fechado para impedir a claridade da manhã. O cursor piscava diante da página aberta, aguardando Helena começar a digitar. As palavras de Vittorio sobre a forma como Juliano pintava estavam frescas em sua mente, mas algo a impedia de escrever. O conselho do amigo soara como um alerta.

Ela só conseguira pegar no sono às três da madrugada. Ficara conversando com Vittorio até dez e pouco da noite e se recolhera ao quarto com a intenção de colocar no papel algumas impressões e anotações, mas não conseguira. Fechara o laptop na noite anterior sem ter conseguido escrever uma palavra e, agora, repetia o gesto pela mesma razão.

Ouviu duas batidas na porta. Vestiu o roupão de seda sobre a camisola e foi abrir.

– Não vai sair da toca hoje? – indagou Juliano, parado na varanda, de óculos escuros, a camiseta verde-escuro, larga e sem mangas, para fora da bermuda bege. – Estou te esperando há horas para tomar café.

Surpresa, Helena custou a reagir. Reparou que, por trás das lentes, os olhos de Juliano desceram para o decote do roupão, mal ajustado. Segurou as duas partes entrecruzadas sobre o colo numa tentativa de ficar mais composta.

– Desculpe. Não sabia que estava me esperando...

– Eu ia pedir ao Ném para vir te chamar, mas se estivesse dormindo... Bem, achei que seria melhor *eu* aturar o seu mau-humor do que ele. E então, vem comer comigo?

Ainda mais atônita, Helena retrucou:

– Mau-humor? Eu?

– Vinte anos não podem mudar *tanto* uma pessoa – ele disse, rindo. – Te espero no salão. – Deu meia volta e rumou em direção à casa principal, sem lhe dar tempo para dizer mais nada.

Quinze minutos depois, Helena se encaminhava para lá, agitada, a cabeça fervilhando de perguntas. Estava insegura com a roupa que escolhera, um vestido leve de viscose, estampado, o cabelo que desistira de prender por estar tão volumoso, o nariz vermelho por causa do sol. Todas as razões erradas.

Devia estar preocupada se ele faria ou não a matéria, se estava ofendido com o fato de tê-lo procurado, mas, em vez disso, estava ansiosa para que ele a achasse bonita e atraente. *Que ótima profissional*, pensou consigo mesma, sarcástica.

Como a caminhada era curta, foi obrigada a deter as elucubrações e encarar Juliano, que a aguardava junto ao bar, conversando com Ném. Ele se voltou quando a viu se aproximar e se inclinou para beijar seu rosto.

– Bom dia de novo – falou, sem demonstrar maior interesse no seu visual. – Vamos comer? Estou morrendo de fome.

Ele se encaminhou para a mesa, enquanto Helena cumprimentava Ném com um "bom dia" e seguia atrás dele. Mais uma vez, a mesa de café da manhã estava farta. A disposição de se controlar para não engordar dez quilos naquela viagem esmaeceu diante do bolo de aipim com coco à sua frente.

– Quais são seus planos para hoje? – perguntou Juliano, se servindo de café puro.

– Não sei ainda – murmurou Helena, colocando uma fatia de bolo no prato. – Pensei que tivesse ido para casa ontem.

– Acabei não indo. O Vittorio trouxe a peça, mas o mecânico só conseguiu fazer o carro funcionar por volta das sete horas. Depois, fui visitar um amigo e ficou tarde para pegar a estrada. Acabei ficando por aqui mesmo.

Helena assentiu com a cabeça, o olhar vagueando pelo cabelo preto que caía pesadamente em volta da face de Juliano. Desviou os olhos para a xícara quando ele ergueu a cabeça e a encarou.

– Quero que conheça a minha casa. Mas não quero que a minha casa seja tópico da matéria. Combinado?

Um sorriso largo se abriu no rosto de Helena.

– Sério?

– Pensei que poderia ser interessante ter uma reportagem que, finalmente, falasse sobre o meu trabalho. *Só* sobre o trabalho. Para isso, você tem que *ver* o trabalho.

Helena não conseguia parar de sorrir. Por outro lado, uma coisa dentro dela se apagou, como uma minúscula brasa soprada, ainda frágil demais para se sustentar sem ajuda do fogo. Espanou essa imagem para fora da mente, querendo se concentrar na nova perspectiva que se abria diante dela.

– Claro, ótimo! Vamos. A que horas?

– Quando acabarmos de comer. Só tem uma coisa...

O estômago de Helena se contraiu. Qual seria a exigência, a contrapartida?

– Não vou poder te trazer de volta hoje. Você vai ter que dormir lá.

– Sem problemas – ela murmurou, sentindo o rosto corar.

Ele meneou a cabeça.

– Não tem o conforto nem a comida daqui. Sou péssimo cozinheiro. Tem uma senhora que traz a comida, mas é muito simples.

Num gesto impulsivo, Helena pousou a mão sobre o braço dele por cima da mesa.

– Não se preocupe com isso...

Juliano se calou. Sem graça, Helena, retirou a mão e continuou com o sorriso fixo na cara, para não dar pistas do seu constrangimento.

***

Os dois seguiam pela estrada, calados, apreciando a paisagem. Juliano apoiara o cotovelo na janela do carro e recostara a cabeça no anteparo do banco, os óculos escuros protegendo os olhos. Helena respirava o vento úmido que atravessava a cabine da caminhonete e despenteava ainda mais seus cabelos. Segurou-os em um coque no alto da cabeça, mas alguns cachos ficaram pendendo sobre seu rosto.

– Quer que eu ligue o ar-condicionado? – Juliano indagou, fazendo um movimento na direção do painel.

– Não, está fresquinho. Obrigada.

– Quando decidiu se tornar jornalista? – ele perguntou, tornando a prestar atenção na estrada.

– Escolhi jornalismo só pra ter um diploma. Quando entrei para a faculdade, ainda achava que ia fazer fotografia. Mas depois que me casei, caí na real: dois fotógrafos iniciantes... não ia dar certo. O Paulo César seguiu a carreira e eu acabei indo fazer estágio em um jornal, depois comecei a fazer *freelas* para revistas. Cobria cultura e fui me especializando em artes visuais.

Juliano assentia com a cabeça.

– Se for tão boa repórter como é boa fotógrafa, você é a melhor do ramo.

Helena riu.

– Longe disso. Na verdade, não sou exatamente uma repórter no sentido tradicional da palavra. Trabalho há mais de dez anos na Arte & Imagem e acabei me tornando editora, jornalista, fotógrafa, de tudo um pouco. Dependendo da matéria, faço mais uma coisa do que outra, ou apenas uma delas, ou todas as três.

– E você gosta?

– Gosto...

– *Gosto...* – ele a imitou, no mesmo tom pouco entusiasmado. – Quanta convicção! – exclamou, irônico. – Você costumava ser mais apaixonada, na minha época.

– Mais imatura, você quer dizer – Helena retrucou, sorrindo, lembrando-se de que era mais entusiasmada, de fato.

– Paixão não tem nada a ver com maturidade. Não estou falando de empolgação superficial, estou falando disso que nos move a realizar coisas, faz a gente se entregar a uma profissão ou a alguém... – sua voz foi perdendo o tom enfático ao final da frase. Ele se deteve antes de concluir, diante do olhar interessado de Helena. – Você era apaixonada por fotografia, pelo poder de capturar, congelar, perpetuar aquele segundo único, mágico. O que aconteceu com isso?

– *Você* sempre foi assim. Eu sempre fui mais prática.

Ele deu os ombros, percebendo que ela preferia não alimentar o assunto.

– Se você é feliz assim, quem sou eu para questionar.

– Sou feliz – ela retrucou, encerrando a questão delicadamente, ainda com um sorriso nos lábios que não era cem por cento honesto.

Juliano sinalizou para entrar em uma estrada à direita. A caminhonete começou a sacolejar por causa dos buracos. A via, embora asfaltada, era bastante precária. Helena entendeu o porquê de Paulo César não ter conseguido localizar o endereço dele. Aquela rua não parecia sequer ser uma rua e, menos ainda, ter nome.

– Não se preocupe – disse Juliano, irônico. – Vai piorar.

De fato, o asfalto logo se tornou escasso, a terra batida se abriu em uma sucessão de crateras. Helena se segurou para não bater com a cabeça no teto do carro. Embora a caminhonete importada tivesse um conjunto de amortecedores poderosos e fosse construída para aquele tipo de terreno, era bastante desconfortável.

Depois de sacudirem por vinte minutos, a estrada se transformou em um caminho macio de areia marrom que, se fosse um pouco mais fina, teria impedido a passagem.

— Estamos perto agora — ele anunciou, manejando o carro com habilidade e evitando as áreas fofas, onde corria o risco de atolar.

O caminho estreito era cercado por uma vegetação de restinga, com plantas rasteiras formando um tapete verde que ondulava para os dois lados. Ainda não era possível ver o mar, mas não podia estar longe, Helena pensou.

O areal foi novamente substituído por uma trilha de terra batida, ainda mais estreita, que desembocou nos fundos de uma casa que deixou Helena de queixo caído. Juliano estacionou entre duas palafitas que erguiam a construção de madeira três metros acima da areia e saltou para tirar as coisas do bagageiro.

Helena saltou atrás, muda, e seguiu para a lateral da casa, tentando dimensionar o tamanho e a proximidade com a praia. Ao deixar a garagem, se deparou com uma inclinação de areia que levava até a beira d'água. Ergueu os olhos e viu a construção de dois andares sobre as palafitas.

— Vem — ouviu Juliano chamar, com sua mochila nas costas e outras sacolas nas mãos. — Vou te mostrar a casa.

Helena o acompanhou pelas escadas que levavam ao primeiro pavimento. Era um salão imenso, sem divisórias, simultaneamente sala, atelier e cozinha. Tinha perto de duzentos metros quadrados de área. Janelões de vidro, protegidos por venezianas, circundavam os quatro cantos, deixando a luminosidade entrar de forma seletiva.

Telas imensas, pintadas ou em branco, de lona e de madeira, se espalhavam sobre cavaletes ou estavam encostadas nas janelas, nas bancadas, nos móveis. Caixas de tinta em lata, em tubos, sobre paletas não tinham lugar certo de armazenagem — estavam por toda parte. O piso de tábua corrida tinha vastas extensões de manchas multicoloridas.

Juliano passou por trás de Helena, que se postara ao fim da

escada e não conseguira dar mais nenhum passo adiante, e pousou as sacolas sobre a bancada da cozinha. O movimento fez Helena se voltar. Curiosamente, a cozinha estava arrumadíssima, em contraste com o espaço de pintura que pouco se distinguia da sala, salvo pela existência de dois sofás de couro pretos, enormes e em 'L', de frente para a janela – e para o oceano.

– É aqui que eu pinto – ele murmurou, sabendo que era óbvio. – Vem cá – completou, subindo o segundo lance de escada até o andar de cima.

Helena o acompanhou. Ali encontrou algo mais parecido com uma casa de verdade. O corredor dava acesso a uma varanda, que, sozinha, devia ser do tamanho do seu apartamento. Uma porta entreaberta à esquerda revelou a existência de um quarto de casal, provavelmente o quarto de Juliano, onde ela não entrou. À direita, havia outro quarto, para onde ele levou suas coisas.

– Aqui é o quarto de hóspedes – ele disse, pousando sua mochila sobre a cama.

– A casa é incrível – Helena exclamou, olhando em volta as estantes de livros que decoravam a suíte. Havia também uma mesinha redonda de madeira, uma cômoda entalhada e uma poltrona antiga de vime.

– Lá atrás fica o escritório, com televisão, som, essas coisas.

– Aqui não tem TV a cabo...

– Tem parabólica – ele interrompeu, levando-a até o escritório, que também tinha janelões com vista para os fundos. – Mas gosto mesmo é daqui... – disse, enquanto atravessava o corredor novamente até a varanda.

O vento do mar os atingiu em cheio. O deque de madeira da varanda avançava pela praia e chegava quase até a beira da água. Helena viu a extensão do litoral, de um lado a outro, sem nenhuma outra casa ou construção para atrapalhar a vista.

– Esta casa, por incrível que pareça, foi uma das primeiras a serem construídas aqui em Santo André e deve ter mais de cem anos – disse Juliano, encarando o mar. – Tive que reformar e fazer muitas alterações para que ficasse habitável. Não chegava a ser nenhum patrimônio histórico, devia pertencer a algum fazendeiro...

– É impressionante – murmurou Helena, se apoiando no balaústre de madeira, ao lado dele.

– Eu fiquei exatamente assim quando vim aqui pela primeira vez. A gente tinha saído de um *loft* em Londres, um micro apartamento, que era só o que a gente conseguia pagar, estava procurando uma casa. Eu tinha encerrado uma exposição lá e vendido os quadros muito bem. Quando o Vittorio trouxe a gente aqui, eu não quis mais ir embora.

– Você e a Nina – ela supôs.

– É. Fiquei encantado e comprei a casa no dia seguinte. Era praticamente uma ruína. Levei três anos reformando, e ainda tem muita coisa para fazer.

– Você pretende morar aqui pelo resto da vida?

Juliano, que contava a história de forma displicente, se voltou para ela.

– Já começou a entrevista?

Helena riu.

– Não.

– E como eu vou saber?

– Vou estar com o gravador ligado.

Ele assentiu. Tornou a encarar o mar.

– Estou terminado os quadros para a exposição no Museu de Arte Moderna do Rio. Fico aqui até terminar, depois tenho que ir para a abertura. Depois disso, não sei.

– Não vou te atrapalhar? Você está em pleno processo de criação...

Juliano tornou a encará-la.

– Você nunca me atrapalhou – cortou, depois recuou o corpo levemente, como se tivesse preferido não ter dito isto. – Se você fosse um jornalista qualquer, eu não ia deixar. Mas você me conhece o suficiente. Só vai ter que ter paciência. Pode ser que leve algum tempo até conseguir todas as informações de que precisa para a matéria.

Helena ficou aliviada com a demonstração de confiança, mas se lembrou do alerta de Vittorio: *não o exponha desnecessariamente*.

– Tempo não é problema. Agora que conheço o caminho, posso vir e voltar com o meu carro – falou, segurando e torcendo o cabelo em um rabo, para impedir que o vento o jogasse em seu rosto.

– Nem pensar. Não é qualquer carro que passa por aquele areal. Pode ficar aqui também. Mas, como eu disse, não é como a pousada do Vittorio. Faça como achar melhor. Eu posso te levar e te trazer – ele disse, simpático, para deixá-la à vontade. – Vou ajeitar as coisas na cozinha. A Dona Maria deixou comida pronta. É simples, mas é gostosa. Fica à vontade. Ainda é cedo, se quiser tomar um banho ou dar uma volta na praia, eu te aviso quando o almoço estiver pronto.

– Vou tomar um banho e já desço para te ajudar com o almoço. Podemos começar a entrevista à tarde, se você quiser.

– Eu te espero lá embaixo.

Ele se encaminhou de volta para o interior da casa, e Helena ficou sozinha na varanda, apreciando o vento fresco contra a pele, ainda impressionada com a paisagem. O ruído das ondas era baixo, pois o mar havia recuado e deixara vastas piscinas rasas de água que formavam um tapete úmido, brilhante e trêmulo por causa das marolas.

Fechou os olhos, erguendo o rosto para o sol. Sentia uma

tranquilidade estranha no peito e, contraditoriamente, uma inquietação. Estava ansiosa para começar a entrevista e, ao mesmo tempo, queria se esquecer dela. Desejava ser fiel ao seu propósito e capturar a essência do trabalho dele, mas desejava, com igual intensidade, mergulhar em suas emoções e sentimentos. Abriu os olhos ao se confrontar com o fato de que não sabia mais o que queria.

CAPÍTULO 5

Os dois terminaram de almoçar o empadão de frango com arroz e salada de salpicão, trazidos por Dona Maria, e se recostaram, um em cada sofá, satisfeitos. A comida estava deliciosa, e o vinho que Juliano servira era suave, perfeito. Desabituada a beber, Helena se sentiu leve, um pouco alta para começar a trabalhar, mas não queria perder a oportunidade, já que Juliano estava relaxado, disponível e não pretendia recomeçar a pintar à tarde.

Eram duas e quinze quando Helena ligou o gravador do celular e o testou, antes de começar a entrevista. Juliano pegou o aparelho de cima da mesa de centro e apertou o botão de pausa.

– Como você vai fazer isso?

– Vou te pedir para falar sobre algumas coisas, fazer algumas perguntas. Você vai falando, depois eu edito – explicou Helena, trazendo o telefone mais para perto dela novamente, por força do hábito.

Juliano ficou apreensivo, de repente. Era uma reação natural que até pessoas famosas e habituadas a darem entrevista tinham. Logo passaria e ele nem sequer se lembraria que a conversa estava sendo gravada.

— Podemos começar?

Ele assentiu.

— Me fale sobre o início da sua carreira, como foi na Academia de Belas Artes de Florença e sua primeira exposição.

Juliano suspirou, como se estivesse tomando fôlego para começar a contar uma longa história. A princípio, soou hesitante, com um relato fragmentado, tentando se ater às primeiras influências e ao impacto que a experiência teve em sua arte. Era muito difícil, nesse ponto, deixar de tocar nas questões pessoais envolvidas, dado ao estado emocional e psicológico em que se encontrava naquela ocasião. O rompimento com Helena, a distância dos pais, o isolamento em que mergulhava para criar.

Helena ficou emocionada ao ouvir a história do ponto de vista dele, podendo corrigir as impressões falsas e as fofocas que gravitavam ao seu redor desde a hiperexposição provocada pelo marchand. Aquele início de carreira explosivo, que o catapultara ao estrelato internacional no mundo das artes, tivera um preço alto, que ela não dimensionara corretamente.

Enquanto o ouvia descrever o penoso e solitário processo de concepção e produção de sua primeira mostra individual, na própria Academia de Florença, lembrou-se de que, naquele mesmo período, ela mesma estava se casando, se formando, deixando para trás o sonho de ser fotógrafa, acreditando-se apaixonada por Paulo César enquanto tentava enterrar, no fundo de sua alma, o amor que sentia por Juliano.

Precisara, naquela época, se convencer de que a realização do sonho de Juliano era suficiente para os dois, que seu sucesso provara o quanto o destino estava certo em separá-los e que ele, afinal, escolhera o melhor caminho. E ouviu, fascinada, ele contar sobre quando deixava de comer para pagar o volume de tinta que seus quadros demandavam, sobre os momentos de solidão naquela cidade milenar, sobre a convivência com estranhos, sobre a exigência rigorosa dos professores...

Helena apenas observava, deixando ao gravador a tarefa de registrá-lo, perdida nas próprias divagações. Percebeu que ele emendou, por si mesmo, no assunto das exposições seguintes, que rodaram a Europa, da primeira participação na Bienal de Artes de Nova York, quando começou a ser chamado de "o novo Francis Bacon".

Juliano começou, então, a sair da sequência de acontecimentos marcantes de sua vida para falar sobre seu estilo único e a amálgama de influências, que incluíam Sir Francis Bacon e pintores díspares como Rembrandt, Pollock e o escultor Franz Krajcberg, reconhecíveis ou não em seus quadros. E seguiu falando sobre as técnicas que utilizava para criar as texturas e combinações de cores que deixavam os críticos assombrados.

Um deles ressaltara a forma como Juliano conseguia, através de um traço, de um detalhe de cor, evocar no observador uma avalanche de emoções. Mas, da mesma forma como recebia elogios como este, seu trabalho era alvo de críticas duras, agressivas, que o acusavam de ser o "engodo do século" e mais um produto de marketing forjado por marchands.

Embora não fosse imune às críticas, como confessou, para surpresa de Helena, Juliano também não se deixava levar pelos elogios. A coerência de sua arte vinha da coerência consigo mesmo, da fidelidade às suas emoções.

O celular registrou a chegada de uma mensagem, de repente, e Helena se deu conta de que esquecera de desligar essa função. Juliano se calou, quando ela pegou o telefone para desabilitar a interferência de outros aplicativos na gravação.

– Desculpe. Pode continuar... – ela falou, pousando o aparelho perto dele de novo.

— Não. Estou exausto. Nunca falei tanto na vida — ele murmurou, esticando as costas e se espreguiçando como um gato. — Amanhã a gente continua.

Helena recostou no sofá. Tinha a impressão de ter vivido a vida dele naquelas últimas três horas e teria continuado a vivê-la indefinidamente. Olhou para a janela e reparou que o dia havia escurecido, mas ainda não era noite. Uma faixa azul-claro iluminava o horizonte, enquanto o céu começava a revelar uma poeira branca de estrelas.

— Nunca te vi tão quieta — ele murmurou, se inclinando na direção dela para servir uma nova taça de vinho. — Acho que saí um pouco fora dos trilhos. Não sei se o que estou te contando é relevante ou não.

— Sem dúvida que sim. Não se preocupe em *sair dos trilhos*. Eu vou editar o texto depois e tudo isso me ajuda a entender o contexto do teu trabalho. E é incrível conhecer sua história...

Juliano se levantou, sem dar muita importância à mecânica da construção da matéria em si.

— Vou fechar as janelas ou a casa vai ser invadida por mosquitos.

Ele se dirigiu ao segundo andar, enquanto Helena verificava que, no salão, todas as janelas estavam fechadas. Talvez ele as mantivesse assim sempre, por causa do vento ou da maresia. Enquanto o ouvia caminhar no andar de cima, foi até uma das telas recostada em uma das paredes envidraçadas.

As pinceladas escuras revelavam traços de vermelho e tons alaranjados que davam a impressão de luzes se esgueirando por entre frestas.

— Ainda não está pronta — ele disse, se postando atrás dela. — É melhor não escrever sobre os quadros da exposição. Ainda não decidi quais vão ser.

— Claro — disse Helena, vagamente, capturada pelo efeito da

conjugação de cores. – Não se preocupe. Eu me lembro dos teus quadros de quando ainda éramos adolescentes. Vi tuas pinturas por foto, mas não pude ir à exposição que fez em São Paulo. É tão... – murmurou, procurando a palavra certa.

– Eu preciso sair – disse Juliano, já estendendo a mão para alcançar as chaves do carro que haviam ficado em cima do corrimão da escada.

Helena se virou para ele, estranhando.

– Onde você vai? – indagou, pega de surpresa. Depois se deu conta de que estava sendo indiscreta. – Desculpe. É que eu pensei...

– Não. Eu é que peço desculpas. Tinha esse compromisso marcado há muito tempo e esqueci completamente. Eu tenho de ir, mas não vou demorar. Não se preocupe, aqui é seguro. Qualquer coisa, me liga ou liga para a pousada do Vittorio, tem sempre gente lá. Mas eu prometo que volto logo. Se quiser, a televisão é por satélite, se bobear pega até a programação da China! – Juliano exclamou, descendo as escadas em direção ao carro e pegando uma jaqueta jeans que estava sobre o corrimão.

***

Pela manhã, Helena desceu até a cozinha e encontrou xícaras, pães e café sobre a bancada. Juliano, lia o jornal sentado em um dos bancos altos da bancada e levantou os olhos para ela.

– Bom dia – ele cumprimentou, dobrando a página e colocando-a de lado.

– Bom dia – ela respondeu, curiosa. – Entregam jornal aqui? Não é mais fácil ler on-line?

– Não, este é de ontem, peguei lá na cooperativa. Não tive tempo de ler e sou antiquado nisso, gosto de passar as páginas, do cheiro do papel, da tinta...

Helena se sentou ao seu lado e se serviu de café com leite. Colocou um pão de forma na torradeira.

– Quem disse que não tem serviço? O café da manhã é bem servido – disse, rindo.

– É só hoje. Amanhã é sua vez – ele retrucou. – Desculpe ter deixado você ontem, tão de repente.

– Tudo bem. Chegou ao seu compromisso a tempo?

Ele assentiu e se levantou do banco, indo em direção a um dos quadros apoiado na parede. A tela exibia apenas algumas pinceladas esparsas.

– Cheguei atrasado. Era para eu estar lá às cinco e a reunião já tinha começado – disse casualmente, avaliando a superfície da pintura. – Estou dando uma força à cooperativa de catadores de coco, junto com a associação de moradores.

Helena pousou o celular sobre a bancada.

– *Dando força*? Como? Esta é uma dimensão nova sua.

– Estou ajudando com os folhetos, a divulgação, buscando apoiadores – ele respondeu, sem se voltar. – Eles não só comercializam o coco, como usam a palha para outros fins, têm um aproveitamento quase total. No momento, eles também precisam de ajuda nas questões jurídicas, mas já estão solucionando isso também. Só dou uma força mesmo.

Helena pegou o celular e abriu o aplicativo de gravação. Seu gesto chamou a atenção de Juliano, que se voltou para ela, mas não disse nada. Helena perguntou:

– Você planeja seus quadros? Segue um impulso ou já tem uma ideia pré-determinada do que vai pintar?

Juliano tornou a encarar sua pintura.

– De certa forma, planejo, mas não é uma ideia rígida. Tenho uma imagem na cabeça e tento transpor as sensações que essa imagem evocam. Nem sempre consigo e, às vezes, o quadro toma um caminho totalmente diferente.

Helena permaneceu em silêncio, para ver se ele continuaria falando sem sua interferência. Depois de observar a tela por mais alguns minutos, ele pegou as tintas, misturou na paleta e começou a pintar com um pincel largo e achatado. O desenho da musculatura de suas costas, parcialmente expostas pela camiseta sem mangas, se delineava a cada movimento.

Sem tirar os olhos do que fazia, Juliano começou a falar sobre a forma como tentava fazer com que as cores e os traços desenhados, esculpidos pelo pincel ou por suas mãos, expressassem algo, traduzissem a emoção ou sensação que circulava por todo o seu corpo. E, enquanto falava, dava a impressão de estar vivendo aquilo. Helena tentava decifrar o que surgia aos seus olhos. Um tom amarelo-claro começava a dominar o centro da tela, aureolado por nuances de vermelho que destacavam a luminosidade e imprimiam calor à superfície.

Ela se deu conta de que ele parara de falar, e que ela também havia sido capturada para dentro daquele movimento espiralado, que parecia se aprofundar e mergulhar em algo que transmitia, paradoxalmente, tranquilidade e intensa vibração.

Helena alcançou o telefone, com cuidado, e começou a sussurrar aquelas impressões, antes que se esvaíssem de sua mente. Descrevia a pintura, hipnotizada pelos movimentos daquele corpo ágil, das mãos que ora comandavam os pincéis, ora acariciavam a tela, do ruído ao mesmo tempo áspero e suave da tinta contra o tecido.

De repente, Juliano parou.

– Você está afetando o meu trabalho – murmurou, sem olhar para ela.

Helena se calou por um instante, depois mal conseguiu articular:

– Desculpe... Vou te deixar sozinho...

Ele deixou a paleta com os pincéis sobre a bancada e pegou um pano para limpar o excesso de tinta das mãos.

– Não é isso. Eu tinha outra intenção quando comecei a esboçar essa pintura. Ela tomou um rumo próprio agora... Não posso controlar – falou, se aproximando dela. – É você quem está provocando isso. Vai interferir na exposição inteira.

A respiração de Helena ficou mais agitada. Sabia que seu rosto devia estar corado, pois sentiu a pele quente, febril.

– Você se lembra quando pintei aquele painel?

Helena assentiu, sabendo que ele se referia ao dia em que fora chamada por seus pais para fazê-lo parar de pintar, pois temiam que estivesse delirando ou doente.

– Era sobre nós, sobre o que eu sentia por você – murmurou, se aproximando ainda mais. – A sensação agora foi parecida, mas sem aquela angústia... Foi mais bonita, mais calma. Naquela época, eu me desesperava achando que teria de escolher... Que o que eu sentia por você era maior do que pintar, era mais importante do que respirar. Eu tinha de separar as duas coisas ou ia enlouquecer. De certa forma, aquele desfecho decidiu por mim. E eu deixei acontecer. Eu deixei, em parte, por que, se por um lado a sua traição era imperdoável, por outro, ela me libertava...

Aquelas palavras eram tão inacreditáveis que Helena permaneceu muda, a boca entreaberta, tentando encontrar o caminho para expressar sua perplexidade, e sem fôlego para manifestá-la.

– Estive pensando sobre isso desde que conversamos aquela noite, na pousada – ele prosseguiu. – Sempre foi mais fácil para mim atribuir a você toda a responsabilidade pelo nosso rompimento, mas não foi. - ele concluiu e se calou, subitamente, quando o celular vibrou com uma ligação, assustando os dois.

Helena rapidamente rejeitou a chamada. A presença do telefone, que estivera ligado sobre a bancada aquele tempo todo, trouxe de volta a realidade que até então estivera suspensa. Juliano aprumou o corpo e fez um gesto em direção ao aparelho, mas Helena o alcançou primeiro.

– Não se preocupe, eu vou editar tudo isso...

Juliano a encarou por alguns momentos, depois deixou o pano sujo de tinta ao lado do quadro.

– Às vezes eu esqueço que você está aqui a trabalho.

Helena desligou o gravador, tentando reorganizar sua linha de raciocínio.

– Vou tomar um banho – ele disse, antes que ela pudesse se manifestar, e a contornou, se dirigindo para a escada que levava ao segundo andar.

– Juliano – ela chamou, antes que ele alcançasse a escada. Mas não conseguiu dizer nada. As palavras se diluíam em seu cérebro e não eram suficientes para traduzir seus pensamentos.

– Eu não consegui dormir direito essa noite – ele disse. – Vou ver se descanso um pouco. Tem comida na geladeira – completou e seguiu em frente.

Helena não o viu mais naquele dia. Depois de improvisar algo para comer com o almoço que sobrara do dia anterior, colocou o biquíni e desceu para tomar sol na praia. Não conseguia esquecer o que Juliano dissera. Caminhou pela areia, deixando para trás as palafitas da varanda, pensando que, aquelas palavras, de certa forma, tiravam um peso enorme de suas costas.

***

Helena despertou sobressaltada com um ruído alto no andar de baixo. Conferiu as horas: eram dez para as quatro da madrugada. Saiu da cama, apreensiva. Desceu as escadas descalça, pé ante pé. Fora se deitar preocupada, depois da meia-noite, sem ter visto Juliano novamente. Não sabia se ele tinha saído ou se ainda estava trancado no quarto. Conforme se aproximava do salão, os ruídos aumentavam de volume.

Salvo por uma luminária fraca no chão e pela luminosidade que a poeira de estrelas no céu refletia sobre a casa, a sala estava nas sombras. Havia alguém diante de um painel imenso, largo, de dois metros de altura, apoiado na janela, afastado da luz. Reconheceu Juliano pelo cabelo preto que sombreava suas costas nuas. Chegou mais perto, atraída pelo barulho da espátula que ele esfregava na superfície de madeira. A despeito da pouca iluminação, pôde ver que ele vestia apenas uma calça jeans velha. O resto do corpo estava manchado com as cores que ele pintava.

De repente, ele se virou para pegar um novo tubo de tinta, perto da luminária. Seus olhos capturaram a presença de Helena. Ele se ergueu lentamente e espremeu o tubo na palma, sem tirar os olhos dela. Em seguida, esfregou as duas mãos, espalhando a tinta entre elas, enquanto caminhava em sua direção. O coração de Helena disparou. Conforme se ele aproximava, suas pernas iam enfraquecendo, a respiração se alterava.

As mãos dele acariciaram seu pescoço, a boca cobriu seus lábios. Helena desconhecia aquela sensação de tinta em contato com a pele, deslizando, como óleo ou seda e, ao mesmo tempo, marcando, moldando. As alças da camisola foram afastadas até descerem pela extensão dos braços e caírem sobre seus pés.

Juliano, em uma espécie de transe, a guiou até suas costas recostarem no painel. Ele a beijava e suas mãos percorriam seu corpo como se sua pele fosse uma extensão da pintura. As palmas escorregadias cobriram seus seios, a ponta dos dedos apertaram seus mamilos, sem força, esculpindo a rigidez deles com um pigmento vermelho terra. Sem pressa, ele os contornava e modelava, sua boca mordiscando a pele do pescoço, o lóbulo da orelha. Helena mal conseguia se mover, respirar, até que suas mãos guiaram os ombros dele para baixo.

Ele se ajoelhou, os lábios se afastaram brevemente, privando-a de seu calor e provocando um tremor de desejo. Juliano segurou sua coxa e a ergueu, prendendo-a contra o painel. Depois, com a ponta dos dedos, que mancharam seus pelos de vermelho, ele a abriu e a beijou, sua língua e seus dentes roçando e esculpindo e modelando como suas mãos haviam feito com seus seios. Helena gemeu, sua voz rouca e lânguida ecoando na sala ampla, contra o barulho das ondas quebrando na praia. E ela tentava reconduzi-lo quando seus lábios se afastavam por um momento e suas mãos se enchiam de mais tinta e retornavam para cobrir suas coxas e quadris.

Helena pousou a coxa erguida sobre o ombro dele, quando sua boca retornou, insistente e ávida. A pele das costas se descolou da superfície da madeira, deixando a impressão de suas formas, quando ela se curvou para olhar os movimentos dele. Entrelaçado nela, a língua quente de Juliano percorria sua extensão úmida e escorregadia, depois voltava a se concentrar em um único ponto. Quando ele a deixou outra vez, Helena apertou sua nuca para segurá-lo, a mão por baixo dos cabelos pretos e pesados, a sensação da onda de prazer tão próxima que se tornara insustentável.

Mas ele se levantou, a boca molhada contra seu pescoço, enquanto as mãos dos dois trabalhavam juntas para desatar o botão, abrir o zíper da calça e se encaixar nela. Sem conseguir esperar por ele, Helena se moveu até senti-lo mergulhar até o fim, contendo a respiração, estremecendo, se contraindo. Com um controle que ela não tinha, ele avançava e parava, imprensando-a contra a tela, enchendo as mãos de tinta e pintando a superfície e o contorno de sua cintura, seus quadris, seus seios. Helena registrava uma miríade de sensações: a pele quente, úmida, escorregadia dele contra ela e dentro dela; a textura suave e lisa da tinta conjugada à maciez dos dedos dele, que apertavam e modelavam e percorriam suas curvas e nichos.

Ele se conteve mais uma vez, a respiração pesada suspensa, e segurou o seu rosto com delicadeza contra a tela, para se concentrar nele. Helena viu seus olhos pretos semicerrados e intensos, fixos nela; os lábios entreabertos, úmidos de desejo; as mãos fortes prendendo seu corpo à tela, como se ele fosse seu verdadeiro dono. Sem conseguir parar, ela cerrou os olhos, gravando na pele e na memória a intensidade daquele momento, e pressionou o quadril contra o dele.

Juliano se apoiou na tela com uma das mãos e voltou a se mover com mais força até levá-la ao clímax, que explodiu e se expandiu como fogo dentro dela. Seus gemidos se confundiram com os dele e Juliano abriu mão do controle para se entregar ao incêndio que consumia os dois.

CAPÍTULO 6

O barulho ritmado das ondas quebrando na praia fez Helena emergir da névoa branca de sono na qual estava mergulhada. Abriu os olhos, apenas o suficiente para ver através dos cílios, e percebeu a luminosidade do ambiente, filtrada pelas cortinas claras que esvoaçavam. Tornou a fechá-los, o corpo ainda adormecido, recusando-se a se mover.

Um movimento ao seu lado a fez perceber que não estava sozinha na cama. Virou-se em direção ao calor que emanava próximo ao seu braço e sentiu o calor das costas de Juliano contra si. Num impulso, seu corpo se ergueu, puxando o lençol branco sobre os seios. A lembrança da noite anterior retornou, nítida.

Ainda sonolenta, olhou em volta. Havia manchas de tinta espalhadas na roupa de cama, nas paredes junto à porta, no chão. Quase toda a superfície de seu corpo estava coberta de tinta de diferentes tonalidades, mas não eram manchas. Saiu da cama para se olhar no espelho, ao lado da cômoda.

A visão a remeteu ao momento em que Juliano usara sua pele como parte da pintura, desenhando sobre ela com a mesma intensidade com que imprimia padrões na tela. Tornara-se parte dela, um componente do quadro, cujo traçado e as cores não haviam sido selecionados aleatoriamente. Havia sentido naquela composição.

Seu corpo foi tomado, novamente, pela profunda excitação que experimentara. Imediatamente, se voltou para Juliano, que dormia de bruços, um braço encaixado embaixo do travesseiro, o corpo parcialmente coberto pelo lençol. Ia voltar para a cama, quando seus olhos captaram o painel pendurado sobre ela.

Helena parou diante da imagem, onde distinguia, entre fortes pinceladas vermelho sangue e preto, um corpo feminino se abrindo, se oferecendo ao pintor, em uma postura de entrega absoluta. Os cabelos fartos, cacheados, se espalhavam ao redor do rosto sem traços definidos. Um dos braços estava erguido e repousava sobre os cabelos ondulados; o outro tentava alcançar o pintor e trazê-lo para junto de si.

Deu dois passos para trás, tentando capturar o conjunto da pintura, explorando cada detalhe até que sua atenção se fixou num pequeno traço no canto inferior direito. Contornou a cama para se aproximar. Seu estômago esquentou ao ler, sob a assinatura de Juliano: *Helena XII*, com data de quinze anos atrás.

Permaneceu sentada na cama, ofegante, e puxou mais uma

vez o lençol sobre o corpo despido. Um novo impulso a fez erguer a mão em direção ao quadro e passar os dedos sobre seu nome, pintado em preto sobre o vermelho intenso que o dominava.

– Foi o último quadro que pintei de você... – ele murmurou, a voz cheia de sono, ao seu lado.

Juliano a observava, o rosto ainda afundado no travesseiro. Ele se ergueu no cotovelo, apertando os olhos, e se reacomodando.

– Fiz uma série de doze quadros – prosseguiu, mais firme. – Precisei pintar doze telas para te arrancar de dentro de mim e respirar de novo.

Helena não conseguia falar diante daquela imagem, das sensações ainda impressas em seu corpo. Ficou olhando para a tela, se reconhecendo nela.

Juliano se sentou na cama, observando sua reação à pintura, e completou:

– Eu queria recriar você... só para mim... Mas, nas primeiras tentativas, eu ainda estava com muita raiva. Eu pintei com raiva e mágoa até a quinta tela, ao longo de três anos. Depois voltei a pintar com amor... Somente nesta última você se entrega... como ontem...

Helena sentiu uma onda de choque contra o peito. Nos três anos de casamento com Paulo César, havia sempre uma sombra presente. Pairava sobre ela uma nuvem que tornava todos os momentos menos coloridos, opacos. Por um segundo, relembrou horas cheias de aflição, que pareciam tão deslocadas; uma dor que ela não conseguia associar ao que estava vivendo, e que parecia assaltá-la do nada. E pôde compreender os momentos em que sentia uma presença, às vezes doce, às vezes aflita, que a envolvia como um campo magnético, e à qual se entregava.

Ia contar isso a ele, mas não conseguiu. Talvez uma nova chance estivesse se abrindo para eles, uma nova oportunidade de encontro, onde as desconfianças, mágoas e erros pudessem, finalmente, ser deixados para trás. Ela o encarou.

– Vamos esquecer o passado... – Helena começou a dizer.

– Eu acreditava que tivesse esquecido, mas bastou te ver para tudo voltar – ele interrompeu, movendo-se para cima dela. Beijou-a na boca, enquanto suas mãos avançavam sobre seu corpo outra vez. De repente, ele parou. – É melhor tirar essa tinta... eu quero pintar de novo... – murmurou, sorrindo, afundando o rosto em seu pescoço.

***

Depois de passarem os quatro dias seguintes internados dentro de casa, pintando, gravando depoimentos, fazendo amor, Juliano disse que precisava ir até Porto Seguro buscar uma encomenda de tintas que mandara vir da Itália. Ném havia ligado, avisando que o correio enviara uma notificação para a pousada, endereço que Juliano costumava dar para facilitar a vida dos entregadores.

Helena tinha material suficiente para a reportagem, mas não queria voltar para o Rio ainda. Solicitara a Vittorio que contatasse a empresa onde alugara o carro para que fosse buscá-lo, pois pretendia ficar na casa de Juliano.

Enquanto se arrumava para sair, pensou que aquela era uma boa oportunidade para enviar os arquivos de áudio para serem transcritos. Seria mais fácil, depois, trabalhar nos textos. A internet em Santo André era instável, mas ela certamente conseguiria fazer o *upload* dos arquivos para Lia, sua assistente, em Porto Seguro. Enviou um e-mail para a assistente, explicando que mandaria os arquivos, reforçando que o material, ***estritamente confidencial***, não era para ser lido ou ouvido por ninguém e que, somente após a edição, o disponibilizaria para a revista. Este era um procedimento comum na redação e confiava tanto na assistente quanto na moça que fazia as transcrições.

Depois do café, Helena e Juliano seguiram para a cidade.

– Por que você mesma não transcreve o áudio? Tem coisas muito pessoais ali – disse Juliano, apreensivo, enquanto encarava a estrada.

– Fica tranquilo. Fazer transcrição toma um tempo enorme. Trabalho com essas pessoas há muito tempo, confio nelas. Quando estiver pronto, me mandarão o texto e fica mais fácil editar – Helena respondeu, enquanto tentava prender o cabelo rebelde em um rabo de cavalo.

– Já tem todo o material de que precisa?

Ela se voltou para ele.

– Em texto, sim. Mas quero tirar mais fotos. Confesso que ando um pouco relapsa com o trabalho ultimamente... – murmurou, sorrindo.

Juliano concordou.

– Eu também. Culpa sua!

– Minha?! – ela exclamou, se fingindo ofendida.

– Foi você quem veio me achar aqui.

– Estava pensando... – ela interrompeu, mudando de assunto. – A gente podia almoçar lá no Vittorio na volta, o que acha?

– Boa ideia. Preciso fazer média com ele, afinal, roubei única hóspede.

– Contanto que isso não se torne um hábito – retrucou Helena, rindo. Estava com saudade da comida da pousada, mais saborosa do que as quentinhas de Dona Maria.

A encomenda de Juliano ocupou todo o bagageiro da picape. Eram seis caixas grandes de latas e tubos de tinta, embalados com cuidado, e um conjunto novo de pincéis e espátulas. Enquanto ele desembaraçava as mercadorias e debatia com o funcionário dos correios o custo exorbitante do imposto, Helena foi até uma *lan house*. Enviou os arquivos e esperava ter as transcrições rapidamente, pois estava ansiosa para trabalhar nos textos.

Resolvidas ambas as tarefas, Helena e Juliano deram uma parada no supermercado. Precisavam reabastecer os mantimentos e, sobretudo, o estoque de vinho. Embora não fosse particularmente talentosa na cozinha, Helena comprou alguns ingredientes especiais para preparar um jantar diferente para Juliano.

Chegaram famintos à pousada e viram que Vittorio estava almoçando com três hóspedes italianos, amigos de longa data. Os dois se juntaram a eles na mesa, por insistência de Vittorio, e se divertiram com as histórias do grupo sobre a juventude do dono da pousada, em Milão.

Ao fim da refeição, Helena deixou a mesa para ir ao toalete. Na volta, parou junto ao bar e ficou observando Juliano dali. Ele ria, entretido com o casal mais velho, que insistia em revelar os detalhes mais constrangedores das estripulias de Vittorio, gesticulando com eles e falando animadamente num italiano perfeito, que se confundia com o dos nativos. A mesa ruidosa não percebeu sua ausência.

Contornou o bar para alcançar a varanda, pelo lado oposto à mesa dos hóspedes, de modo a não ser vista, e chegou à praia. O sol já havia se posto, mas deixara um rastro rosado no céu ainda luminoso. Havia apenas uma estrela visível, provavelmente o planeta Vênus. Caminhou até a beira da água, com as sandálias na mão, e deixou as marolas envolverem seus pés. Sentiu um arrepio pelo corpo, um misto de prazer e felicidade.

Tinha férias para tirar e estava decidida a conversar com a editora geral da revista para permanecer em Santo André pelos próximos vinte dias. Mas precisava consultar Juliano primeiro.

Não queria atrapalhar a produção das telas da exposição e sabia que ele abria mão de um tempo precioso para a conclusão do trabalho para passear com ela.

A maré se retraiu. Helena percebeu que o mar retrocedera o suficiente para deixar um rastro de conchas visível. Seguiu, afundando os pés na areia úmida, reparando que havia uma espécie de poeira dourada sobre a camada marrom-claro. Abaixou-se, segurando um punhado na mão. Era uma das coisas mais lindas que já vira na vida. De repente, ouviu seu nome.

Voltou-se, ainda agachada, e mergulhou a mão na água para lavá-la. Juliano caminhava em sua direção. Foi até ele.

– Está tudo bem? – ele indagou, ao alcançá-la.

– Já viu a areia aqui? Parece pó de ouro.

Ele assentiu, sorrindo.

– É incrível. Tentei usá-la em um quadro uma vez, mas só faz efeito sob a água. Um desses milagres da natureza impossíveis de reproduzir.

– Juliano, estive pensando – Helena murmurou, passando o braço em torno da cintura dele, enquanto retornavam para a praia. – Você tem prazo para entregar os quadros. Talvez eu esteja mesmo te atrapalhando.

Ele sacudiu a cabeça para os lados.

– Não atrapalha. Você está modificado meus quadros, com certeza. Mas gosto do resultado. Não se preocupe.

Helena ia dizer que queria ficar com ele e ia propor tirar férias do trabalho, mas não teve coragem. Talvez esperasse que a iniciativa devesse partir dele. Ou talvez apenas não fosse aquele o melhor momento.

Voltaram abraçados para dentro do salão e foram novamente recepcionados pelo grupo, que ainda estava sentado à mesa, tomando café.

CAPÍTULO 7

Helena preparou a câmera para uma sessão de fotos de Juliano. Enquanto ele pintava, ela tentava capturar os melhores ângulos, sua expressão concentrada, suas mãos, sem revelar muito da tela. Deixara o gravador do celular ligado para aproveitar os comentários eventuais que ele fazia sobre o trabalho e sobre os momentos que estavam vivendo juntos.

– Eu sempre quis fazer isso – ele murmurou, sorrindo, enquanto esfregava um tom ocre no canto esquerdo do quadro, com um pincel grande e achatado.

Helena o enquadrou de perfil, o rosto parcialmente escondido pelo cabelo preto. Preocupada com a escassez de luz, que dificultava a escolha dos enquadramentos, não entendeu a que Juliano se referia.

– Fazer o quê?

– Fazer de você um quadro... Prender você na tela. Mas não é possível traduzir você só com cores e formas.

Ela abaixou a câmera, assimilando aquelas palavras.

– Será que essa exposição vai se tornar uma nova série de "Helenas"? – ele indagou, bem-humorado. Escolheu outro pincel, misturou as tintas e voltou à tela. – Pensei que minha obsessão tivesse passado...

Contendo o impulso de se atirar nos braços dele, Helena resolveu levar o comentário na brincadeira.

– Não creio que alguém possa me identificar por trás destas pinceladas – murmurou, se aproximando para avaliar melhor o feitio de seu corpo nos traços dele. – Só te peço uma coisa: seja generoso e não me retrate rechonchuda como uma ninfeta do Botticelli, combinado?

Juliano riu, compartilhando o olhar crítico dela sobre a pintura, concordando que tendia a exagerar as proporções.

– Adoro as tuas curvas – murmurou, envolvendo-a nos braços e beijando seu pescoço. – Adoro cada centímetro do teu corpo... – continuou, sussurrando em seu ouvido – Adoro estar dentro de você...

As mãos de Helena foram perdendo a força para segurar a câmera. Uma onda de desejo a impedia de pensar. Beijou-o de volta, descendo com ele até o chão, se livrando da calça jeans velha dele, do vestido de viscose dela. A máquina foi deixada de lado, as lentes como testemunhas mudas da sintonia entre os dois.

Como se fosse impossível ficar desprovido dos instrumentos que usava para compreender o mundo, Juliano trouxe as tintas de volta sobre sua pele. Ele jogou as almofadas de tecido indiano do sofá no chão e beijou Helena, enquanto a reclinava para baixo, apoiando seu pescoço, seus ombros, seus quadris, como se a posicionasse para pintá-la. Depois, pegou a paleta e um pincel.

Helena registrou a temperatura fresca do piso de tábua corrida contra sua pele nua. Ela se ajeitou languidamente sobre as almofadas, o corpo aberto e desnudo, entregue. Sem tirar os olhos dela, Juliano molhou o pincel na tinta preta. Quando a ponta úmida encostou e deslizou sobre a pele sensível da auréola de seu seio, um arrepio a percorreu. Ela fechou os olhos, os lábios partidos, se abrindo e se expondo mais para os desenhos que ele traçava. A ponta do pincel retornou sobre seu mamilo rígido, depois ondulou, descendo da curva do seio para o vale suave de sua barriga.

Ali, ele traçou formas com uma caligrafia precisa, que gravava, tatuava sua pele. Através dos olhos cerrados, Helena registrava cada detalhe: o deslizar úmido daquela escrita, ora retilínea, ora circular; a respiração ofegante dele e sua mão quente e firme; o ruído insistente e irrefreável do mar; a agitação das folhas altas das palmeiras; o sussurro do vento entre as frestas das janelas.

Antecipando seu rumo, ela entreabriu os olhos e vislumbrou as letras desenhadas e líquidas que ainda reluziam. E viu o pincel se aproximar da colina lisa de seu púbis. Ela não podia ver o rosto de Juliano, apenas a curva sinuosa das costas dele, o cabelo pesado e liso como uma cortina preta, os dedos longos e bem feitos segurando o pincel. Ele desenhou formas indefinidas em torno dos seus pelos, e Helena ergueu o quadril, instintivamente, desejando que ele não parasse e, ao mesmo tempo, que chegasse logo ao seu destino.

Mas Juliano parou. Ele deixou o pincel de lado e seus dedos o substituíram. Enquanto Helena afastava mais as pernas, ele se infiltrou entre seus pelos e deslizou, mergulhou dentro dela, depois saiu para explorar seu clitóris, e mergulhou outra vez. Ela fechou os olhos de novo, concentrada nos movimentos. E, antes de atingir o clímax, ela se ergueu, buscando sua boca. Juliano se voltou para ela e Helena subiu em seu quadril, fazendo ele se deitar, sentindo toda a extensão dele dentro dela. Foi a vez de Juliano conter a respiração e gemer baixo, rouco.

Enquanto a tarde se dissolvia num pôr de sol violeta, Helena pegou o pincel, ainda molhado de tinta, e o deslizou sobre a linha tensa que descia do pescoço dele até a garganta. Ela sentiu seus músculos retesarem, enquanto se movia sinuosamente sobre seu quadril. E registrou as ondulações harmônicas da musculatura de seu peito, de seu abdome, a rigidez e a força dos braços que a interromperam subitamente, invertendo as posições.

***

Em menos de cinco dias, Helena estava de posse de todo o material de que precisava para a reportagem, restava apenas editar o texto. Esperava que, a essa altura, a transcrição já estivesse pronta. Não recebera nenhuma mensagem de sua assistente até aquele momento, mas atribuiu o fato ao fechamento da revista, que deveria ter acontecido ao longo daquela semana e era sempre o período mais tumultuado do mês.

Para comemorar o término do seu período oficial de trabalho, Juliano propôs uma curta viagem a Trancoso, em Porto Seguro, para passarem o final de semana. Helena ainda não conhecia a região e aceitou a proposta na hora. Ficaram em uma pousada simples, em Arraial d'Ajuda, que estava tranquilo, por ser baixa estação.

Helena enviou os arquivos de imagem com as fotos de Juliano pela mesma *lan house*, em Porto Seguro, para garantir que a revista tivesse o material bruto. Ainda precisava selecionar as melhores imagens e tratá-las, antes da publicação, mas teria tempo de fazer isso quando retornassem para Santo André. Tinham planejado voltar para casa no domingo à noite, mas haviam passado o dia inteiro caminhando e ambos ficaram com preguiça de dirigir. Na segunda-feira de manhã, Helena pediu que parassem na Pousada do Vittorio, pois queria ligar para a revista e lá o sinal de celular era melhor.

Juliano saltou e foi em direção à casa principal perguntar a Ném se Vittorio estava. Helena sacou o celular e tentou ligar algumas vezes, sem sucesso. Reparou que havia algumas mensagens de voz, mas o sinal estava fraco e não conseguiu completar a ligação.

Ao chegar ao salão, desligando o aparelho e devolvendo-o à bolsa, se deparou com Juliano recostado no bar, com uma revista nas mãos. Ném estava um tanto pálido por trás do balcão, os olhos arregalados na direção dela. Olhando com mais atenção, notou que a capa da revista que Juliano folheava, a testa franzida e os lábios entreabertos, era a foto dele.

– O que... – Helena murmurou, se aproximando, sem entender.

Os olhos de Juliano se ergueram para ela, numa mistura de fúria e desapontamento. Ele ergueu a revista para que pudesse ver a capa com o rosto dele sob o nome "Arte & Imagem" e o título da matéria, que era a chamada principal, *"A intimidade e a arte de Juliano Sampaio, por Helena Carvalho"*.

Seu cérebro gelou, o estômago se contraiu, num espasmo dolorido. Boquiaberta, sem entender como aquilo podia ter acontecido, Helena estendeu a mão para pegar a revista, mas Juliano não deixou.

– Para que você quer ler? Sabe perfeitamente o que escreveu – ele disse, com raiva.

Ela balançou a cabeça para os lados, atordoada, e murmurou:

– Eu não editei ainda... Como...

Para sua surpresa, Juliano sorriu. Os olhos pretos incandesceram.

– Conseguiu o que queria, não é? Queria sua matéria? Aí está! Não chega a ser uma baixaria – ele falou, entre os dentes. – Alguns detalhes mais picantes estão escondidos no texto, mas está bem escrito. Sobretudo quando fala dos *"sentimentos guardados por tanto tempo e finalmente revelados"*.

Helena estava chocada demais para reagir. Como podiam ter publicado aquilo sem sua autorização, sem a terem consultado? Mas a expressão de horror de Juliano era terrível.

– Então, era sobre o meu trabalho que pretendia escrever? – ele indagou, sarcástico. Depois abriu novamente a revista e tornou a ler, em voz alta: "... *quando ele finalmente percebeu que precisava se libertar daquele amor e aquela traição o permitiu partir sem remorsos, deixando para trás as amarras que o prendiam. Assim, pôde mergulhar sem restrições no mundo da arte que a Academia de Belas Artes de Florença lhe estava oferecendo..."* Esse não é um trecho do qual eu goste. Em termos literários, convenhamos, é pobre – ele murmurou, por baixo da respiração alterada e dos dentes trincados.

Juliano passou rapidamente as costas da mão nos olhos e tornou a virar as páginas.

– Tem mais.

O coração de Helena estava disparado. Queria fazê-lo parar, queria explicar, mas a voz custou a sair e só conseguiu articular um *"não"* pouco convincente.

– *"... em uma espécie de transe, quando parece fazer amor com uma mulher que transpõe para a tela, imprimindo cores e sensações na superfície real do quadro e sobre aquele corpo imaginário..."* – ele completou, se detendo quando a voz sumiu. Num ímpeto, ele zuniu a revista no outro extremo da sala. – Está satisfeita?! Eu estava certo esse tempo todo sobre você. Mas não imaginava que fosse capaz de um golpe tão baixo – concluiu, contornando-a e partindo em direção ao carro.

Helena tentou segurá-lo, num reflexo, mas ele se esquivou. Pôde ouvir, atônita e impotente, ele dar partida no carro e sair cantando pneu. Depois se voltou para Ném, mas o rapaz apenas continuou a observá-la mudo, com os olhos arregalados. Trêmula, foi até a revista que estava revirada no chão e a pegou. As pernas enfraqueceram conforme lia a introdução e o texto supostamente escritos por ela. Foi se deixando cair no sofá, sem parar de ler, as lágrimas pingando sobre as folhas, transformando as letras em borrões.

Reconhecia trechos inteiros que sussurrara no gravador para não se esquecer das impressões. Não eram para terem sido usados, eram para ela mesma, para evocar a emoção que sentira enquanto o via pintar. Colocados na matéria, eram invasivos de tão íntimos e revelavam o lado mais vulnerável de Juliano. Seu peito doeu tanto que precisou colocar a mão sobre a boca para conter os soluços. Ele jamais a perdoaria.

Enquanto seu corpo sacudia num choro que não conseguia controlar, sentiu que alguém se sentara ao seu lado. Era Vittorio. Estava sério e tirou a revista de suas mãos, deixando-a sobre a mesa de centro.

— Eu avisei... — ele murmurou, como uma censura velada.

Helena engoliu as lágrimas para poder falar.

— Não fui eu... — sussurrou, sem conseguir continuar. — Não me avisaram... Eu não autorizei... Não era para ser assim!

— Como eles publicaram isso, então? — retrucou.

— Não sei! Alguém pegou os arquivos...

De repente, foi como se um balde de água fria tivesse sido jogado em sua cabeça. Teria sido usada pela revista para fazer isso? Não podia acreditar. Não era aquela a pauta que havia sido proposta. Só concordara em fazer a matéria justamente porque não teria um cunho pessoal. E se eles tivessem mentido para ela? Não era possível, trabalhava com aquelas pessoas há anos. Como aquilo podia ter acontecido?

— E vou atrás do Juliano — disse Vittorio, se erguendo.

— Vou com você — ela falou, se levantando também.

— De jeito nenhum. Por favor, Helena. Vá para casa.

— Eu tenho de saber como ele está. Ele tem de entender que não fui eu!

Vittorio colocou a mão em seu ombro.

— O Juliano não está em condições de entender nada agora. Deixa eu ir.

A aflição na voz dele a fez retroceder. De repente, sentiu medo, muito medo.

***

Um carro adentrou o jardim e estacionou em frente à casa principal às dez e quinze da noite. Helena abriu a porta do chalé e correu para ver se era Vittorio. O dono da pousada saltou e tirou uma pequena valise da mala. Eram as roupas que Helena deixara na casa de Juliano.

– Como ele está? – ela indagou, se aproximando.

Vittorio abaixou os olhos para os próprios pés, preocupado. Balançou a cabeça para os lados.

– Péssimo – disse, como se não tivesse palavra melhor para descrever o estado do amigo.

Helena reparou que suas roupas estavam manchadas, mas não podia distinguir direito o que era, por causa da falta de luz. Ficou gelada, a cor fugiu de seu rosto.

– Isso é sangue?

– Não. É tinta – retrucou Vittorio.

– Pelo amor de Deus, Vittorio. Se não me disser o que está acontecendo, eu juro que pego esse carro e vou até lá. Como ele está?

Vittorio contornou o carro para ficar de frente para ela. Estava muito sério.

– Ele destruiu algumas das telas, não consegui impedir. Está transtornado. Não sei se vai sobrar muita coisa para a exposição.

Helena sentiu os olhos se encherem de lágrimas novamente. Passara a tarde mergulhada em angústia, temendo que ele fizesse exatamente o que havia feito: destruir seu trabalho.

– Eu tenho de explicar a ele o que aconteceu, Vittorio. Ele não pode ficar pensando que eu seria capaz de fazer uma coisa dessas! Ele tem que acreditar em mim! – exclamou.

E parou.

Repetiu mentalmente o que acabara de dizer: *"Ele tem que acreditar em mim."*

A história se repetia, vinte anos depois. E Helena percebeu que, mais uma vez, os dois se separavam por causa de um equívoco, de um mal-entendido. As lágrimas secaram em sua garganta. Passou a mão nos cabelos; fechou o casaco de linha sobre o peito.

– O que estou dizendo? – murmurou, para si própria.

Vittorio a observava, paciente. Colocou a mão em seu ombro.

– Dê um tempo a ele, Helena. Quando o impacto passar, ele vai te ouvir...

– Não tenho mais vinte anos para esperar, Vittorio. Não sei o que aconteceu, mas vou descobrir. Não mandei publicar a matéria daquele jeito. Eu jamais faria isso. Mas o Juliano não vai acreditar em mim nunca.

Vittorio ficou em silêncio, ciente de que, se conhecia bem o amigo, aquilo era um fato.

– Por favor, peça um taxi para me levar ao aeroporto amanhã de manhã.

– Eu te levo. Sinto muito por vocês... – murmurou o italiano, acariciando seu rosto. – Sinto mesmo.

Helena pegou a valise e a levou para o quarto.

A dor que sentia era idêntica à de quando Juliano a deixara, depois de cobri-la de insultos por causa das fotografias. E ela reagira exatamente do mesmo jeito: atônita, muda, incapaz de se defender, sem saber nem mesmo por onde começar. Se ela tinha alguma culpa, era ter confiado nas pessoas erradas do escritório, mas achava pouco provável.

O que importa? disse para si mesma. O que quer que tivesse acontecido, mal-entendido ou má intenção, mais uma vez Juliano provava que não confiava nela. A pergunta que fizera a si própria há vinte anos se repetiu: Como podia amar tanto alguém que não confiava nela?

Relembrou o tormento que fora sua vida nos anos seguintes ao rompimento, a presença amiga de Paulo César, a decisão de se casar com ele porque não acreditava que pudesse jamais amar de novo. Viver aquelas duas semanas com Juliano mostrara que seu amor por ele estava vivo, mas não mais intacto. E percebeu que o que se quebrara uma vez, não podia ser colado.

***

Helena desembarcou no Rio de Janeiro, na tarde do dia seguinte, e foi direto para o escritório. Precisava descobrir o que havia acontecido.

Sua assistente ergueu a cabeça e arregalou os olhos, surpresa, assim que ela entrou.

– Nossa! É impossível falar com você!

Helena estava tão irritada que debruçou sobre a escrivaninha, onde a jovem digitava com unhas azuis, da cor da mecha do cabelo, e metralhou:

– Lia, o que diabos está acontecendo com essa revista? Que parte da minha mensagem você não entendeu para publicarem a matéria daquele jeito? Eu não deixei bem claro que...

– A sua mensagem... – Lia interrompeu, assustada com a abordagem agressiva. – Instruía para que a gente soltasse a matéria *exatamente* do jeito que tava escrito. A gente até estranhou!

Helena se endireitou.

– A que mensagem está se referindo?

– À mensagem que você mandou dois dias antes do fechamento *desta* edição, *super-mega-hiper* em cima da hora! Mas você foi tão incisiva que ninguém ousou questionar. Eu pensei: se ela passou esse tempo todo com o Juliano, ele deve ter autorizado e vai que ela não quer esperar a próxima edição? Eu é que não estou entendendo nada!

– Não, a mensagem que mandei de Santo André, dizia que era para vocês começarem a transcrever os arquivos de áudio. A matéria não estava pronta! A versão final só era para ser publicada no mês que vem.

– Arquivos de áudio? Eu não recebi arquivo nenhum! Você disse que não precisava da transcrição, que ia escrever a matéria a partir das gravações ou não ia dar tempo de entrar *naquela* edição e você não queria perder o prazo!

As duas ficaram se olhando, em silêncio, por um instante.

– Deixa eu ver esse e-mail – Helena pediu, se postando atrás da escrivaninha da assistente, enquanto ela acessava sua caixa de entrada.

– Eu até estranhei que não estivesse usando a sua conta normal. Eu *juro* que tentei te ligar *zilhões* de vezes, mas o seu celular só dava fora de área – Lia explicou, enquanto verificava a lista de mensagens recebidas. De repente, parou sobre uma que dizia apenas "URGENTE".

Helena abriu a mensagem. Dizia exatamente o que Lia acabara de lhe contar. Era um texto curto, com as instruções e um anexo intitulado *"A intimidade e a arte de Juliano Sampaio"*. Reconheceu o provedor de internet onde tinha uma conta antiga, que quase nunca usava. A única pessoa que podia ter acesso àquela conta era Paulo César, pois uma vez precisara pedir a ele que a acessasse para enviar uma mensagem em seu nome. Não podia imaginar que ele se lembrasse do *login* e da senha. Passou as duas mãos no rosto, sem conseguir acreditar nas evidências. Só podia ser ele o autor daquela mensagem.

– Onde está a mensagem que te mandei na semana passada?

Lia encolheu os ombros.

– Não faço a menor ideia.

As duas leram nome por nome na caixa de entrada, olhando pelas datas, não havia mensagem alguma sua naquele dia. Depois, Helena checou a caixa de mensagens deletadas e a encontrou.

– Mas como?! – Lia exclamou, confusa. – Eu não limpei minha caixa de entrada.

– O Paulo César trabalhou no seu terminal? – Helena indagou.

– Não que eu me lembre – ela ponderou, ajeitando os óculos de gatinho com a ponta dos dedos. – Espera... A gente trabalhou junto aqui na minha mesa, há uns dez dias. Ele estava me mostrando as imagens das esculturas do Jamal que vão entrar na edição do mês que vem.

– Ele ficou sozinho na sua mesa?

Lia pensou por alguns minutos. Depois ergueu os olhos para ela. A expressão no rosto redondo da jovem ficou séria, sombreada.

– Ficou. Eu tive de sair para ver alguma coisa no administrativo, depois fui almoçar. Me lembro que, quando saí do escritório, ele ainda tava sentado aqui. Ai, que cretino!

Helena se levantou, disposta a dar uma surra em Paulo César, rumando para a sala dele.

– Ele está aí? – perguntou, enquanto Lia a seguia pelo corredor, tão irada quanto ela.

– Não. Ele foi fotografar a mostra do Henry Moore em São Paulo, depois vai direto para Londres e fica lá, de férias. Lembra? Ele até queria te convencer a ir com ele. Dá para me explicar o que está acontecendo?

– Um pesadelo.

Lia a acompanhou até sua sala e se sentou na cadeira à sua frente. Ela colocou a mecha azul do cabelo channel para trás da orelha, os olhos furiosos por trás da armação dourada dos óculos dos anos cinquenta.

– Helena, foi tudo tão estranho. Eu *juro* pelo que há de mais sagrado nesse mundo. *Juro* que tentei te ligar *milhões* de vezes. O texto parecia ser seu, mas a abordagem era completamente diferente do que tinha sido combinado. Eu pensei: mas ela saiu daqui dizendo que só faria a matéria se não fosse pessoal! Como agora manda esse texto *totalmente pessoal?*! Eu pensei: *ela tá doida?!* Por isso fiquei te ligando, mas tava sempre *"desligado ou fora da área de cobertura"* – ela recitou, no mesmo tom da gravação automática do celular, e continuou falando, ansiosa. – A Renata não conseguiu falar com você, o Sérgio não conseguiu falar com você, ninguém conseguia falar com você. Mas como a gente não sabia o que tava acontecendo em Santo André... Bem, sei lá, a gente achou que você tinha mudado de ideia. O Paulo César insistiu tanto para publicar a matéria, dizendo que a sua mensagem *era muito clara*, que até conseguiu encontrar umas fotos antigas do Juliano, já que não ia dar tempo de tratar as novas...

– Claro que ele deu força... – ela murmurou, recostando na cadeira, sentindo as forças se esvaírem, a raiva dando lugar à mágoa, à tristeza.

CAPÍTULO 8

Enquanto arrumava a mala para cobrir a retrospectiva da pintora Frida Kahlo, na Cidade do México, o telefone tocou. Sentiu um frio na boca do estômago, já podendo adivinhar do que se tratava. Uma voz feminina, jovem, que se identificava como repórter de um jornal de cultura, deixou uma mensagem na secretária eletrônica pedindo que retornasse a ligação. Era o terceiro telefonema apenas naquela manhã.

Jogou a camiseta dentro da valise, irritada. Em uma semana, tinha se transformado em alvo da imprensa e estava sendo assediada do mesmo modo como Juliano devia estar sendo. Seu peito queimou, ciente de que a matéria publicada em seu nome revelava o local onde ele estava morando, além do conteúdo pessoal. Podia imaginar pelo que ele estava passando neste momento, mas não havia nada que pudesse fazer.

Não tivera mais notícias de Juliano. Tinha o rosto de Vittorio na mente quando o telefone tocou. Reconheceu a voz do italiano quando ele começou a deixar o recado. Correu para atender.

– Vittorio! – exclamou. – Estava pensando em você.

– Como você está, Helena? – perguntou o amigo, simpático, porém desanimado.

– Indo... Tem notícias de Juliano? – indagou, se sentando ao lado da mala, na cama.

– Não. A casa dele continua fechada. Não sei para onde ele foi.

Helena suspirou, triste. Tinha esperanças de que ele fizesse contato com Vittorio, pelo menos.

– Onde acha que ele pode estar?

– Em qualquer lugar do mundo. E você, como estão as coisas? Liguei para a revista, disseram que está indo viajar. É verdade?

– É. Vou para o México e fico lá duas semanas trabalhando e mais três semanas de férias. A imprensa está nos meus calcanhares também.

– O telefone da pousada não para de tocar. Apareceram alguns repórteres procurando o Juliano e estão tentando falar com o pessoal da cidade. Mas a maioria das pessoas só conhece o Índio por aqui e nem sequer sabem que ele é pintor. O Ném sabe despistá-los.

— Menos mal... — ela murmurou, o coração dolorido.

— Escute — ele falou, subitamente sério. — Não quero me meter, mas é difícil ficar olhando essa situação sem dizer nada.

Helena não entendeu.

— O que você quer dizer?

— Eu não sei se Juliano tem condições de sair disso sozinho.

Helena passou as mãos no cabelo, agoniada, as lágrimas brotando em seus olhos.

— E o que eu posso fazer? Ele certamente não quer me ver pintada de ouro na frente dele.

— Não desista, Helena. Levaram tantos anos para se reencontrar, para se entender...

— Vittorio, não depende de mim. Eu queria muito explicar a ele o que aconteceu, mas quando o Juliano fica assim, ele não ouve ninguém.

Vittorio suspirou. Era um bom amigo. Mas compreender Juliano não facilitava as coisas para ela. Helena tinha certeza de que o amava tanto quanto ele, supostamente, a amava. Mas precisava tocar a sua vida e, se ficasse presa a Juliano, acabaria sozinha e amargurada.

— Não desapareça da vida dele. Quando a poeira abaixar, ele vai te ouvir.

Helena sorriu, desanimada.

— Não. Não vai. E preciso de um tempo para mim também.

— Você vai ao lançamento da exposição?

— Ainda não decidi. Na verdade, estou evitando qualquer coisa que se relacione a esse assunto. Só quero ficar longe, sozinha, pensar, me recuperar. Não é só ele quem está sofrendo, Vittorio.

— Eu sei. Mas, não suma — retrucou o italiano, carinhoso. — Um beijo, *bella*.

Helena se despediu e desligou o telefone, ainda mais aflita.

Olhou ao redor o que faltava para terminar a mala, lutando contra a tristeza.

Decidida a esquecer as últimas três semanas, pegou sua câmera fotográfica. Neste novo trabalho, pretendia dar mais ênfase à fotografia que ao texto, como costumava, e a obra de Frida Kahlo era perfeita para isso. Lembrava-se de Juliano dizendo que tinha um bom olho e que aquela era sua verdadeira paixão. Novamente, seu peito doeu. Ele também dissera que ela não tinha coragem para seguir o caminho do seu coração.

Percebeu que vivera anestesiada durante vinte anos, se deixando levar pelas circunstâncias e obrigações, e colocando de lado tudo do que realmente gostava. Sua vida era morna, organizada e funcional. Revivera a sensação de entusiasmo, a energia dessa paixão durante os dias em que estivera com ele. Agora, sentia como se tivesse sido devolvida ao marasmo anterior. Mas essa mudança não podia depender de Juliano. Helena precisava encontrar e resgatar essa energia dentro de si.

***

Helena desceu com a mala assim que o porteiro interfonou, avisando que o táxi a aguardava na porta. O motorista saltou para ajudá-la com o pesado volume. Enquanto ajeitava a bolsa retangular de náilon, onde guardava a câmera fotográfica, se deparou com Juliano na calçada do prédio.

Ele estava ao lado da sua picape. Isso significava que viera dirigindo de Santo André até o Rio de Janeiro. A surpresa a fez parar, paralisada. Ele se aproximou. A camiseta de algodão branca larga cobria o cós da calça de brim desbotada.

– Por quê?

As pernas de Helena começaram a tremer e seu coração disparou. Juliano estava agitado, o rosto havia perdido a coloração dourada e estava mais branco do que de costume. Seus lábios estavam pálidos. Helena se assustou com a aparência dele. Queria abraçá-lo, mas conteve o impulso.

– Você está bem? – indagou, preocupada. – Onde você estava?

Os olhos de Juliano brilhavam, estranhos.

– Por quê? Por uma revista? Quanto te pagaram?

– Pelo amor de Deus, Juliano, não é nada disso! – retrucou, irritada, nervosa.

– Por quê, então? Eu só quero entender.

O motorista do táxi a aguardava sem saber se mantinha a porta aberta para ela entrar ou se a fechava e esperava a conversa terminar. Olhou os dois, desconfiado. A respiração de Juliano estava acelerada, como se tivesse corrido até ali, os olhos encaravam Helena intensamente, as sobrancelhas unidas formando um vinco forte na testa.

– Você está se sentindo bem? – ela perguntou, erguendo a mão para tocar sua testa, desconfiada que estivesse com febre. Já o vira assim uma vez, quando era adolescente.

Ele afastou o rosto, bruscamente, impedindo o toque. A expressão dele não aliviou e ela ficou ainda mais preocupada ao se dar conta de que não havia uma única gota de tinta na roupa dele. Se Juliano não estava pintando, a situação era ainda mais grave.

– Você não tinha o direito – ele falou, entre os dentes, a voz sufocada.

– Eu já disse que não escrevi aquele texto – Helena retrucou, a mágoa crescendo no peito. – Não tenho do que me defender, Juliano. Se não acredita em mim, não há nada que eu possa fazer.

– Eu não sou tão importante, nem tão famoso assim. Não pode ter sido por dinheiro. Por que tinha que se envolver comigo, dormir comigo, me deixar falar daquele jeito coisas que eu nunca disse a ninguém? Por que precisou tornar isso público?! – ele perguntou, o olhar carregado de nojo.

Os olhos de Helena transbordaram.

– Como pode ter tanta certeza de que sou capaz disso? – ela murmurou, a voz trêmula.

O motorista de táxi, visivelmente constrangido, entrou no carro e fechou os vidros.

– Você se deu ao trabalho de ir até Santo André – ele continuou, as lágrimas escorrendo, como se não tivesse ouvido Helena. – Entrou na minha casa, na minha vida... Entrou nos meus quadros! – exclamou, ofegante.

Helena apenas balançava a cabeça para os lados, sem conseguir articular nada.

– Não traí você, Juliano. Eu nunca...

Ao ouvir isso, ele apertou os olhos, deu dois passos para trás e se voltou para a picape estacionada na calçada. Antes que Helena completasse a frase, Juliano deu um soco no vidro do carro. A janela do motorista estilhaçou e sua mão direita ressurgiu, coberta de sangue.

Helena achou que ia desmaiar. Seus ouvidos zuniram, o suor gelado brotou por todo o seu corpo.

A dor obrigou Juliano a recostar na porta da picape, apertando o braço contra o peito. Ele ficou tão pálido que abaixou a cabeça e vacilou.

O motorista do táxi saltou do carro, assustado.

– O que é isso, meu camarada?! – exclamou, preocupado, com a mão no ombro dele. Depois se voltou para Helena. – É melhor a senhora entrar.

O porteiro também se aproximou correndo e se postou ao lado dela.

– A senhora está bem?

Helena tremia tanto que não conseguia falar. Juliano a encarou novamente, as lágrimas escorrendo pelo rosto branco, impossibilitado de se mover por causa da dor resultante do impacto que, com certeza, estraçalhara os delicados ossos de sua mão. O sangue pingava de diversos cortes, descia pela extensão de seu braço até o cotovelo e fazia uma poça no chão da calçada. O motorista do táxi tirou um lenço do bolso e o envolveu como pôde ao redor dos ferimentos, mas Juliano se esquivou. Ele endireitou o corpo e disse:

– Some da minha vida.

Em seguida, ele tentou abrir a porta da picape com a mão esquerda, mas o motorista do táxi não deixou.

– Você tem que ir pra emergência! Entra aí, eu te levo pro Miguel Couto.

Juliano não contestou. Entrou no táxi, deixando para trás uma trilha de vidro estilhaçado e sangue.

O porteiro pegou as malas de Helena que haviam ficado na calçada e ficou aguardando ela se mover em direção à portaria. Mas suas pernas se recusavam a obedecer. As lágrimas desciam livremente, sem controle. Precisava falar com Vittorio, com alguém. Juliano podia ficar com sequelas graves na mão.

Helena tirou o celular da bolsa, mas tremia tanto que não conseguiu discar. O porteiro tirou o aparelho dela e indagou:

– Qual é o número?

– Está... nos contatos... Vittorio... – ela gaguejou, trêmula.

Ele passou o telefone para ela.

– Obrigada. Ném? É Helena. Chama o Vittorio, por favor. É urgente... – murmurou, entre soluços secos. – Vittorio? – disse, ao ouvir a voz do amigo. As lágrimas se avolumaram em sua garganta. – É o Juliano...

***

Helena não conseguiu embarcar para o México. Vittorio voou para o Rio e conseguiu localizar Juliano no apartamento de um amigo, com a mão imobilizada, e precisou convencê-lo, a duras penas, a consultar um especialista. O trabalho realizado na emergência do hospital havia sido bom, mas o caso era muito sério. Além das fraturas, foram detectadas lesões em alguns ligamentos. Ele precisou ser submetido a uma cirurgia de reparação que durou mais de cinco horas.

Helena acompanhava o tratamento pelo telefone, através de Vittorio. As palavras de Juliano continuavam gravadas em sua memória. A violência daquele gesto também. Ela não conseguia apagar a imagem do vidro estilhaçando, o barulho alto e seco do soco, o brilho do sangue sobre sua pele.

Vittorio veio até sua casa, antes de retornar para Santo André.

– O médico falou que ele pode recuperar os movimentos, mas ainda é muito cedo para dizer qualquer coisa. Ele vai precisar de outras cirurgias – o italiano explicou, recostado no sofá, a luz do abajur incidindo sobre seus olhos claros. Balançou a cabeça para os lados, preocupado.

Helena sentiu o peito apertar. Sentia-se culpada e, na verdade, sabia que não era. Por outro lado, se arrependeu de ter entrado novamente na vida dele. Se não tivesse aceitado fazer a matéria, nada daquilo teria acontecido.

– Eu nunca deveria ter ido procurá-lo – falou, os olhos úmidos.

– Não é verdade, Helena. Ele não podia continuar isolado naquela casa, trancado no atelier, pintando dia e noite. Isso não é vida, e o Juliano se esconde dela. Pense que, se a matéria não tivesse sido publicada daquele jeito, vocês ainda estariam juntos agora, felizes, vivendo uma relação que nunca deveria ter sido interrompida.

— Mas foi. E pela mesma razão — ela retrucou, passando a mão no rosto. — Eu sei que, diante das circunstâncias, é difícil acreditar, mas ele não pode, não tem o direito de pensar que eu seria capaz de traí-lo dessa forma!

Vittorio se inclinou e se voltou para ela.

— Helena, você foi a única mulher que o Juliano amou na vida — disse, num tom baixo. — Tem uma coisa que precisa entender. Eu não ia te dizer isso, mas diante do que aconteceu... Talvez você não dimensione o que Juliano sente, por que está agindo assim.

— O que você quer dizer?

— Quando ele se mudou para Santo André com a Nina, trouxe a série "Helena" de quadros — Vittorio começou a contar. — A Nina não sabia da existência daquelas obras, ninguém sabia, nem mesmo aquele maldito marchand. O Juliano tinha me pedido para guardá-las em Milão, antes de se casar com a Nina. Mas quando eles vieram definitivamente para Santo André, ele trouxe as pinturas e guardou na garagem. Como ele não tinha a intenção de esconder os quadros da esposa, ela acabou encontrando. Foi isso que acabou com o casamento deles.

— Os quadros? — Helena indagou, ao se lembrar da pintura imensa sobre a cama dele, que tanto a impressionara.

— Não são só quadros, *cara mia*... Qualquer mulher que veja aquelas pinturas sabe onde está o coração do Juliano. Eram pinturas antigas, mas o que está retratado ali não se apaga, Helena, não acaba. Eu sei que ele pendurou a última tela da série no quarto dele, depois da separação. E nenhuma mulher, nenhuma das namoradas ou dos casos inconsequentes que Juliano teve nos últimos anos jamais pôde suportar o peso daquela imagem.

Lutando contra a emoção que emergia em seu peito, Helena argumentou, tentando se manter racional.

— Por que está me contando isso, Vittorio? Não fui eu quem terminou com ele da primeira nem da segunda vez!

— Eu sei — ele retrucou. — Mas tente entender que o Juliano é fruto de uma história complicada e, por isso, tem muita dificuldade em confiar nas pessoas.

O assunto se tornava incômodo, e Vittorio já havia percebido isso.

— Desculpe por eu estar me intrometendo.

— Eu agradeço a sua preocupação. Mas você pode avaliar o quanto isso é difícil para mim também. Minha vida está virada de cabeça para baixo! Estou tentando retomar meu rumo, seguir meu caminho. É terrível ver o Juliano desse jeito, mas ele está com muita raiva, e a minha proximidade só vai piorar as coisas.

Vittorio assentiu, se erguendo e se encaminhando em direção à porta. Ele parou, momentaneamente, e tornou a encarar Helena.

— Sim, eu sei. Sou amigo dele há tempo suficiente para saber do que o Juliano é capaz quando está assim e entendo que queira se proteger disso. Não é fácil conviver com a intensidade dos sentimentos dele, que o tornam o gênio que é, mas, ao mesmo tempo, o desequilibram a ponto de arriscar destruir seu próprio instrumento de trabalho. Só o que eu sei, Helena, é que ele está sofrendo e, apesar de tudo o que aconteceu, acredito que se amem e não devem desistir desse amor.

CAPÍTULO 9

Helena parou o carro no estacionamento do Museu de Arte Moderna do Rio. Havia um tumulto de pessoas na entrada principal, fotógrafos, jornalistas, câmeras.

O lançamento da exposição estava no topo da agenda da mídia desde a publicação da matéria.

Sentiu sua mão fria e úmida grudada no volante. Não deveria ter vindo, mas não vir também significava assinar um atestado de culpa. Estava apreensiva, pois não tinha como prever a reação de Juliano quando a visse. Não se falavam desde o dia em que ele arrebentara a mão ao socar o vidro do carro.

Helena pretendia ter sumido da vida dele, como ele mesmo demandara, mas não podia. Por mais que tentasse, não conseguia esquecer o que haviam passado juntos. Era impossível suportar que ele continuasse acreditando naquela segunda traição. Precisava dizer a ele tudo o que tinha acontecido. Talvez não o fizesse hoje, mas tinha que tentar se reaproximar.

Sucessivos desencontros a impediram de esclarecer a situação com Paulo César. Após passar quase dois meses na Europa, ele retornou ao escritório um dia depois de Helena viajar para o México. Proibira Lia de contar o que havia acontecido aos diretores da revista. Precisava encarar Paulo César e confrontá-lo. O que ele havia feito, na verdade, não tinha nada a ver com trabalho. Tinha sido um ataque pessoal. Logo se encontrariam, e ela teria a chance de colocar tudo em pratos limpos.

Naquele momento, no entanto, Paulo César era a última de suas preocupações. Respirou fundo, tentando reunir coragem para enfrentar a mágoa de Juliano. Ao mesmo tempo, precisava ser firme. Tinha a consciência tranquila, o que não a fazia sofrer menos.

Os quatro meses de separação tinham sido atrozes. A todo momento sentia a presença dele e toda a carga de emoção que ele transmitia pelo pensamento. Essa sintonia, capaz de fazê-la levitar quando a energia canalizada era amorosa, era uma verdadeira tortura quando irradiava dor e decepção. E a intensidade de sentimentos e sensações que ele experimentava e transpunha para sua obra, quando direcionados ao seu coração, eram insuportáveis.

Abriu a porta do carro e colocou os pés para fora. Os saltos agulha arrastaram no asfalto. Vestia uma saia longa, de corte reto e seco, preta, com um corpete cor de pérola rendado e uma echarpe de seda pintada à mão, em tons de pérola e cinza, para cobrir o colo. Prendera o cabelo no alto, deixando alguns cachos soltos. Sentiu a pele arrepiar, menos de frio que de nervoso, e se encaminhou para a entrada. Não teria como evitar o corredor de jornalistas, mas estava disposta a seguir em frente, sem dizer nada.

Não foi notada num primeiro momento. Pensou que chegaria à porta de vidro antes de ser reconhecida, mas alguém chamou seu nome e, em seguida, um jornalista mencionou a matéria. Feliz por estar a meio caminho da entrada, não se voltou quando os repórteres começaram a lhe atirar perguntas.

Subiu as escadas que levavam ao segundo pavimento do museu e levou um susto. O quadro que Juliano pintara sobre sua pele era o primeiro a ser exibido. No entanto, a tela estava partida em cinco pedaços, que haviam sido costurados de forma tosca para recompor a imagem. Quem não tivesse visto a obra original, intacta, certamente concluiria que o arranjo era proposital e fazia parte da nova concepção artística de Juliano.

Seu coração se apertou de tal forma no peito que Helena pensou que ia sufocar. As cores eram agressivas, os volumes haviam sido distorcidos, e suas formas, ainda que estivessem presentes, estavam irreconhecíveis até mesmo para ela. Controlou-se para evitar que as lágrimas transbordassem. O que a pintura original tinha de vibrante e positiva, esta tinha de sombria e torturada.

Os convidados se aproximavam do quadro fazendo comentários de surpresa, deixando transparecer o desconforto que a imagem proporcionava. Analisavam, avaliavam, comentavam e diziam coisas absurdas sobre o que levara Juliano a pintar aquilo. Helena começou a ficar tonta. Quase não conseguiu respirar, ao olhar em volta. Todos os quadros estavam quebrados e remendados com barbante ou arame. Todos eram agressivos e sombrios. Parecia um conjunto de pinturas retiradas de escombros.

Sentiu alguém tocar seu ombro e se voltou, atordoada. Os olhos azuis, suaves, de Vittorio, surgiram à sua frente, como se uma presença angélica tivesse se materializado em pleno inferno. Diante dele, ficou ainda mais difícil conter as lágrimas.

– O que é isto, Vittorio, pelo amor de Deus? – Helena indagou, aflita.

O amigo a tomou pelo braço e desceu com ela até o jardim do museu, onde algumas pessoas conversavam e estava menos tumultuado. Ao chegarem, ele respondeu.

– Isto é o Juliano.

Helena sacudiu a cabeça para os lados.

– Não, ele não é assim.

– Não é, mas está assim. Ele decidiu expor os quadros desse jeito porque é assim que está se sentindo. Eu só vi as telas no dia que fui ajudar a embalar as pinturas.

O olhar de Helena vagueou, aflito, pelo jardim e pela paisagem da Baía de Guanabara, o peito dolorido, um nó na garganta. Não tinha motivos para se sentir culpada, mas não conseguiu evitar.

– Como está a mão dele?

– Ainda em recuperação. Continua imobilizada.

– Ele veio?

Vittorio assentiu.

– Estava lá em cima dando uma entrevista. Nem é bom chegar muito perto, não vai gostar do que ele está dizendo.

Estava prestes a perguntar a Vittorio o que exatamente Juliano estava declarando à imprensa quando seu olhar captou uma figura familiar cruzando apressadamente o pátio interno, seguido por outra figura ainda mais familiar, que trazia uma máquina fotográfica pendurada no pescoço, se encaminhando para os fundos do museu.

Eram Juliano e Paulo César.

– Meu Deus... – Helena murmurou, começando a entrar em pânico. Pediu licença e saiu atrás deles o mais rápido que conseguiu, com os saltos altos. Antes mesmo de conseguir vê-los, pôde ouvir suas vozes ecoando por trás das portas envidraçadas de uma das galerias fechadas, que estava na penumbra. A arquitetura amplificava o som, mas, felizmente, os dois estavam longe o suficiente dos convidados e não atraíram a atenção de curiosos.

Sentiu uma presença atrás de si e constatou que Vittorio viera atrás dela.

– Helena... – ele murmurou.

– *Shhh...* – ela falou, interrompendo-o.

Nem ela nem Vittorio podiam ser vistos de onde estavam, pois estava muito escuro. Helena colocou a mão na porta de vidro para abri-la, mas parou ao ouvir:

– É isso mesmo. Fui *eu* quem mandou publicar a matéria daquele jeito, para acabar de vez com essa palhaçada, Juliano. O que é que você estava pensado, que ia fazer tudo de novo?! – gritou Paulo César.

Seu ex-marido era mais baixo que Juliano uns dez centímetros, mas era mais forte, e cresceu para cima dele. Não podia ver a reação de Juliano, que estava de costas para ela, mas a ausência de resposta era mais perigosa do que se ele estivesse esbravejando como o outro. A mão direita estava imobilizada por uma armação de plástico removível, presa com velcro, que envolvia seu braço até o cotovelo. A outra estava cerrada em punho.

– Você nunca me enganou com essa cara de rebelde sem causa, de artista atormentado! – Paulo César continuou. – Você sempre soube que eu era apaixonado pela Helena! E eu sabia que você nunca ia abrir mão da pintura para ficar com ela! Afinal, o mundo gira em torno da sua *arte*! Você nunca pensou na Helena, no que era melhor para ela! Nunca teve a menor consideração pelo que ela sentia! O que você pensou que ia fazer agora? Começar tudo de novo? – indagou, sarcástico.

– Canalha – rosnou Juliano, entre os dentes. – Eu confiava em você...

– Confiava coisa nenhuma! Você nunca confiou em ninguém! E eu acabei de provar isso... mais uma vez!

Um silêncio estranho se fez entre os dois. Helena suspendeu a respiração e deu um passo para o lado, de forma a ficar atrás de uma das pilastras.

– Como assim, *mais uma vez*? – Juliano indagou, a voz rouca e abafada.

Paulo César riu, olhou para baixo e meneou a cabeça, soberano na situação.

– Você falhou nos testes, Corvo. Falhou no primeiro. Falhou no segundo – disse, controlado. – Eu vi você chegar aquele dia no pátio da escola.

Helena sentiu as pernas fraquejarem, a cor sumiu de seu rosto.

– Ela estava descontrolada e procurou a quem? A mim. Sabe por quê? Porque eu estava lá. Por que eu sempre estive por perto quando ela precisou. Eu vi quando você chegou correndo no pátio. Mas eu não ia abrir mão dela. E eu ia lutar se você tivesse me enfrentado. E resolvi te testar. Se você partisse para cima de mim, era porque a amava de verdade. Se não... E como foi conveniente, não é? Agora você tinha toda a razão do mundo para se livrar dela. Você desistiu da Helena no primeiro obstáculo,

Juliano. Sabe por quê? Porque a única pessoa que você ama é *você mesmo*!

No instante seguinte, Paulo César voava de costas no chão a um metro de distância de onde estava, segurando o queixo. A correia que prendia sua câmera se soltou, e a máquina deslizou para o lado oposto. Juliano não deixou Paulo César se levantar. Ergueu-o do chão pela camisa, com a mão esquerda, e o atirou contra a parede de vidro da galeria, onde ele bateu e caiu. Sem ter tido tempo de se recuperar do primeiro soco, Paulo César não teve tempo de reagir. Juliano pulou em cima dele e o atacou como fizera com o garoto mais velho no primeiro dia de aula, quando tinha doze anos.

Helena entrou na galeria, gritando:

– Parem com isso!

Tomado pela surpresa, Juliano parou e se voltou para ela. Paulo César aproveitou para empurrá-lo com força e se ergueu do chão, passando as costas da mão na boca, limpando o sangue do queixo. Os dois se afastaram, arfando. O silêncio momentâneo que se instalou foi quebrado por vozes e passos apressados ecoando naquela direção.

– Ele está aqui! – alguém exclamou.

Imediatamente, as luzes da galeria foram acesas, revelando as expressões dos quatro. Paulo César ajeitou a roupa, o cabelo, depois foi buscar sua máquina fotográfica, perto da parede. Juliano continuou parado no mesmo lugar, mudo, encarando Helena, que, por sua vez, tremia tanto que mal conseguia permanecer de pé. Antes que o grupo os alcançasse, ela deu meia volta e saiu em direção ao estacionamento.

Ela cruzou pelos assessores do curador da mostra, que se encaminhavam para a galeria, mas não se voltou. Chegou ao carro com as lágrimas estranguladas na garganta. Abriu a porta e entrou, jogando a bolsa no banco de trás. Levou um susto quando ouviu Vittorio bater no vidro do carona.

– Helena – ele chamou, pedindo a ela que abrisse a porta.

Ela abaixou o vidro.

– Você está bem? – indagou, apreensivo.

De repente, Helena começou a soluçar. Seu corpo inteiro sacudia. Recostou a testa no volante, ainda segurando a chave com força, sem conseguir mover o braço para colocá-la na ignição. Vittorio entrou no carro e se sentou ao seu lado.

***

Helena abriu a porta de casa e colocou a chave sobre o aparador. Seu corpo mal tinha energia para andar. Parecia que um trator havia passado por cima dela. Deixou-se cair no sofá, encarando a janela e o céu escuro do lado de fora.

A cena se repetiu em sua cabeça, involuntariamente. Paulo César segurava seu rosto e murmurava que tudo ia ficar bem. Helena chorava tanto que tinha dificuldade até para respirar. Ele aproximou os lábios e beijou sua face, depois a abraçou. Ela estava se sentindo tão perdida que aquele gesto foi um alento. Jamais soubera que Juliano corria em sua direção, naquele exato momento. E não podia conceber que o beijo afetuoso de Paulo César havia tido, na verdade, a intenção de ser visto por Juliano e interpretado como uma traição.

Recostou a cabeça para trás, deixando as lágrimas escorrerem pelo canto dos olhos. Desabafara sua raiva com Vittorio, no carro, mas não se sentia melhor por isso.

De repente, a campainha tocou. Àquela hora, só podia ser Juliano ou Paulo César. Na verdade, não queria ver nenhum dos dois, mas tinha de encerrar aquela história de uma vez por todas. Ergueu-se do sofá e foi atender.

O rosto inchado e machucado de Paulo César era visível por trás do olho mágico. Antes de abrir a porta, Helena sentiu a emoção desaparecer de seu peito. Os olhos secaram. Ela enxugou os cílios úmidos e torceu a maçaneta.

– O que você quer? – indagou, fria.

Paulo César deu um passo à frente, sem esperar convite. Caminhou até a sala de estar antes de dizer:

– Helena, eu sei que o que fiz foi horrível, mas eu não podia permitir...

Ela ergueu as sobrancelhas.

– Permitir? Quem você pensa que é para *permitir* alguma coisa? Quem te deu o direito de interferir na minha vida? – cortou.

– Eu fiquei louco quando ouvi aqueles áudios! Parecia que ia começar tudo de novo...

– Ia começar de novo – Helena o interrompeu novamente, cruzando os braços. – Se você, mais uma vez, não tivesse estragado tudo.

Paulo César passou a mão no cabelo ondulado, castanho-claro, e o colocou para trás. Seus olhos verdes estavam marejados.

– Você não vê que o Juliano não te merece?

– Quem é você para falar do Juliano? – ela retrucou, sem perder a calma. – Quem é você para falar de *mérito*? Acreditei a vida inteira que, se não havia amor entre nós, havia respeito e amizade. Mas isso também era uma mentira.

– Eu amo você, Helena! Fiz o que fiz por que eu te amo! – ele retrucou, tentando segurar suas mãos.

Helena se esquivou, sentindo nojo do toque dele.

– Não seja ridículo! Você mentiu para mim a vida inteira! Me traiu duas vezes! Armou a primeira vez para me separar do Juliano e conseguiu. Armou a segunda agora, vinte anos depois, com um golpe tão baixo que ainda custo a acreditar que tenha tido a coragem de fazer isso.

Paulo César a encarou, endireitando as costas.

– Você estava caindo na lábia dele de novo. Não tem espaço na vida do Juliano para nada além da pintura! Eu só quis te proteger.

Helena ignorou a condescendência do ex-marido e redirecionou a conversa para o que realmente importava.

– Por que insistiu tanto naquela pauta, Paulo César? Por que falou para todo mundo que era eu naquele quadro? O que você achou que ia acontecer quando a gente se reencontrasse?

Ele abaixou os olhos, a testa franzida.

– Eu queria que você visse o que o Juliano realmente é: um egoísta.

Helena deu um passo à frente e afirmou:

– Você queria humilhar o Juliano. E a sua inveja e a sua covardia são tamanhas que você me usou para fazer isso. – Ela fez uma pausa breve, para recuperar o controle da voz. – Eu amo o Juliano. Sempre amei e ainda amo, apesar de tudo, a despeito de tudo. A minha relação com ele não te diz respeito. Quanto a me proteger, por favor, não subestime a minha inteligência. Você não fez isso por mim, fez por despeito. Fez por ódio, e não amor. É verdade que eu nunca deveria ter me casado com você, mas eu estava me enganando também. Fui fraca. Fui covarde e estou pagando por isso. Você se vingou e, agora, estamos quites. Não há mais motivos para termos qualquer tipo de contato daqui para frente.

Paulo César respirou fundo, pressionando os lábios um contra o outro, um hematoma roxo e vermelho em torno do corte no canto da boca. Tinha as mãos na cintura, por baixo do paletó aberto e sujo.

– O Juliano sabia que eu amava você – falou, os olhos marejados.

— E *você* sempre soube que *eu* não te amava. Eu deixei isso bem claro quando nos casamos. Vamos parar de nos culparmos uns aos outros. Fizemos nossas escolhas, por fraqueza, por ciúme, seja o que for. E se não somos felizes hoje, Paulo César, é por culpa *única* e *exclusivamente* nossa. Vá embora, por favor.

Ele ficou algum tempo remoendo aquelas palavras, imóvel.

— Você tem que me perdoar, Helena.

Helena deu um passo atrás para lhe dar passagem.

— Não, Paulo. Você é quem vai ter que *se* perdoar.

CAPÍTULO 10

Helena entregou sua carta de demissão à revista no dia seguinte à abertura da exposição. Apesar dos protestos dos colegas, não havia mais a menor possibilidade de permanecer no mesmo recinto que o ex-marido. Enviou as fotos de Juliano para a pousada, todas as imagens, até as que tirara na viagem a Trancoso.

Sua câmera fotográfica eletrônica, as lentes e os filtros estavam sobre a cama, enquanto arrumava a mala para a viagem ao Pantanal. Era a primeira vez que iria trabalhar exclusivamente com fotografia e havia sido convidada para fazer as imagens de um catálogo de um novo empreendimento de turismo ecológico na região. O convite fora feito há duas semanas e partira de um amigo jornalista, colaborador da "Arte & Imagem", que conhecia sua habilidade e estava entusiasmado com a ideia de formarem uma dupla de trabalho. Quem sabe, futuramente, poderiam abrir a própria agência.

Apesar de estar animada com as novas perspectivas de sua

vida, a tristeza e o vazio em seu coração não permitiam que ficasse realmente feliz. Não tivera notícias de Juliano desde a noite no museu. Não sabia como ele havia reagido à revelação de Paulo César. Vittorio tentara falar com ele, sem sucesso. Apesar da mágoa, da saudade, estava decidida a mudar sua vida, e isso significava esquecer Juliano de uma vez por todas.

Dobrou um par de calças jeans e o pousou sobre a pilha que arrumava. Sentiu um envolvimento morno, como se braços invisíveis a tomassem pelas costas e uma boca úmida descesse sobre a pele de seu pescoço. Foi uma sensação tão nítida, tão vívida, que suspendeu a respiração, momentaneamente capturada pela excitação que seu corpo registrou. Ficou sem ar. Sentou-se na beira da cama, a imagem de Juliano tão forte que a sufocava.

De repente, a campainha tocou. Levantou-se, atordoada, tentando voltar ao estado normal, e se encaminhou para a sala. Sem ter a menor dúvida de quem se tratava, abriu a porta, as faces queimando de nervoso.

Juliano a encarava com olhos de águia, sério, os lábios partidos, como se os tivesse afastado dela naquele instante. Tinha um envelope branco na mão esquerda, pois a direita continuava imobilizada. Estendeu-o para ela.

– O que é isso? – Helena indagou, ao segurá-lo. Não havia nada escrito nele.

– Estou voltando para Florença.

Helena teve a impressão que seu coração ia parar de bater. Decidira se afastar dele, nunca mais procurá-lo, esquecê-lo. Mas ouvir isso da boca dele doeu fisicamente.

– Vem comigo.

Helena ergueu os olhos, atônita. Tirou a reserva do voo de dentro do envelope, onde leu seu nome e um papel com instruções e conexões. Devolveu-o a ele.

— Mudou de opinião a meu respeito? Não acha mais que sou capaz de golpes tão baixos? – ela indagou, sem conseguir disfarçar a mágoa.

Foi a vez de Juliano abaixar os olhos. Ele olhou para os próprios pés. Vestia uma calça preta, a blusa de malha cinza por cima e um casaco da cor da calça. O cabelo preto, solto, estava mais longo, e caía pesadamente nas costas.

Helena não queria brigar com ele e mudou o tom de voz.

— Como está sua mão?

— Vou consultar um especialista na Itália. Ainda não... – começou a contar, mas mudou de assunto, de repente. – Por que não me contou que foi o Paulo César o responsável pela matéria ter sido publicada daquele jeito? Se ele não tivesse confessado, eu nunca ficaria sabendo.

Helena assentiu, triste.

— É por isso que não posso ir com você.

Juliano deu um passo à frente e, instintivamente, Helena recuou. Não podia permitir que a tocasse, ou não seria capaz de deixá-lo ir. Ele não parou de avançar, como deveria, e logo seu braço a envolveu pela cintura, colando-se a ela, mergulhando o rosto em seu pescoço.

Ela o empurrou, controlando as lágrimas que emergiram em seus olhos, tentando isolar sua pele do calor e do contato, lutando para evitar que suas mãos retribuíssem.

— Não, Juliano. Não posso viver desse jeito, pensando se a qualquer momento você vai achar que estou te traindo, de uma forma ou de outra. Não posso sobreviver a isso.

— Então, o Paulo César conseguiu o que queria: nos separar definitivamente – ele falou, se endireitando e se afastando dela.

— O Paulo César errou, mas o que nos separou foi a sua incapacidade de confiar em mim. Ele só tornou isso evidente. Eu me pergunto como teria sido a nossa vida juntos, se teríamos conseguido ser felizes ou se essa espada estaria sempre pendendo sobre a minha cabeça.

Juliano passou a mão no cabelo e se voltou para a janela. Esfregou os olhos, depois se sentou no sofá e apoiou os cotovelos nos joelhos.

– Eu passei anos defendendo a minha família de uma mentira. Dizendo que o homem que me criou era meu pai e ouvindo minha mãe confirmar, mesmo sabendo que não era verdade. Quando consegui que eles me contassem a verdadeira história do meu nascimento, eu fiquei arrasado. Não por não ser filho do homem que eu admirava tanto. Mas por que eles me impediram de ter acesso a quem eu era, integralmente. E eu aprendi que, às vezes, a verdade está na sua cara e você se recusa a ver.

– Eu nunca menti para você – Helena murmurou, se sentando ao lado dele. – Mas você julgou e condenou o meu caráter, Juliano.

Ele a olhou de lado.

– Por que precisou fazer aquela matéria, Helena? Podia ter desistido. Teve tanto trabalho para me encontrar, sabendo que eu não queria esse tipo de exposição. Por que foi a Santo André?

Helena não conseguiu responder.

Depois de alguns minutos em silêncio, Juliano se levantou.

– Você foi lá porque sabia que teria acesso a mim, um acesso que ninguém mais teria – ele disse e seus olhos transbordaram. Ele respirou fundo, antes de continuar. – Qual era a sua intenção? Curiosidade? Porque quando eu te vi naquele salão, foi como... foi sentir reacender um amor, uma paixão, que eu tinha desistido de sentir. E, de repente, não, não era coincidência: você estava trabalhando. Era uma jornalista que estava ali para fazer uma matéria. Para escrever sobre a minha *arte*... – falou, com uma ponta de sarcasmo. – Meu primeiro impulso foi dizer não, mas você teria ido embora. E eu não podia sequer imaginar deixar você ir embora, te perder mais uma vez.

Helena se lembrou de que fizera a si mesma as mesmas perguntas, mas nunca chegara a respondê-las. Juliano enxugou o rosto com as costas da mão e continuou.

– É verdade, eu não confiei em você. Sobretudo quando li o texto. Aquelas palavras eram suas. Questionei seu caráter.

Questionei o meu próprio caráter, meu discernimento, por amar tanto você. Eu realmente não sei se consigo confiar cegamente em alguém. Se esta é uma condição para ficarmos juntos, talvez não seja possível mesmo.

Helena continuou muda, olhando ele se encaminhar para a porta de saída. Ergueu-se, num impulso, e foi atrás.

– Juliano... Você tem razão, eu devia ter desistido da matéria. Minha intenção era, de fato, escrever sobre o seu trabalho. Eu jamais escreveria algo que pudesse te expor. Quando a ideia da matéria surgiu, eu fui contra. Eu sabia como você iria reagir à proposta, mas também sabia que podia ser bom as pessoas te conhecerem melhor...

Juliano ficou calado, ouvindo a explicação que, de repente, soou tão sem sentido que as palavras se desintegraram em seu cérebro.

Tentando recobrar o fio da meada, Helena prosseguiu.

– E eu também queria te ver, saber como você estava... – concluiu, lutando para se manter calma. – Tínhamos vivido uma coisa boa juntos. Aquela tinha sido a melhor época da minha vida, apesar da forma como terminou. Eu não imaginava que, vinte anos depois, a gente ainda iria se entender, que ainda ia ser tão forte.

Ele ainda a encarava.

— O que ia ser tão forte? — ele perguntou.

Intimidada, Helena não conseguiu organizar o pensamento de forma a dizer com clareza o que sentia. Respirou fundo, agoniada, e disse:

— Esta ligação que nós temos. Mas, como você disse, isso não parece ser suficiente. Eu me entreguei a você na adolescência, como jamais me entreguei a ninguém, e para quê? Para ser acusada de uma traição absurda que eu nunca cometi? Pensar que os anos que a gente tinha passado juntos não significavam nada diante de uma fotografia, de uma fofoca? Como acha que eu me senti diante das tuas acusações? E eu não tive sequer o direito de defesa, porque você sumiu e só soube de você novamente quando já tinha embarcado para a Europa! — exclamou, de repente, dando vazão a uma mágoa que se escondera em seu coração durante todos aqueles anos. — Você não me deu alternativa, a não ser me conformar e acreditar que aquela era a melhor solução para nós dois. Primeiro, porque se não confiava em mim, como podíamos continuar juntos? E segundo porque, sim, você tem razão, talvez a nossa história tivesse ficado no caminho do teu sucesso.

— Eu abriria mão de tudo, sucesso, dinheiro, carreira, de qualquer coisa por você — ele afirmou.

Helena sacudiu a cabeça para os lados, ainda mais angustiada.

— Não, Juliano, não abriria. Você não podia fazer isso. Tanto que não fez! Eu sei o que pintar significa para você: é a sua vida! Ficarmos juntos, naquele momento, teria sido ruim para nós dois. Mas isso foi há vinte anos e o que aconteceu entre nós em Santo André foi *agora*. Somos adultos, já não agimos por imaturidade, por impulso. Eu não teria entrado novamente na sua vida se os meus sentimentos por você não fossem verdadeiros! E, mais uma vez, você questionou isso! Duvidou disso... Duvidou não, teve certeza!

Juliano ergueu os olhos para ela, magoado.

— Você entrou novamente na minha vida para fazer uma reportagem, Helena! — exclamou, sem conseguir se controlar. — O que você queria que eu pensasse? Você chegou a Santo André sem me avisar e me deixou pensar que estava ali por coincidência! *Por recomendação de um amigo*! Um repórter realmente interessado no meu trabalho teria tido a decência de me contatar primeiro, de me explicar suas intenções, de me dar a chance de dizer *sim* ou *não*.

— Não me compare aos repórteres com os quais lidou na época do escândalo, Juliano — Helena retrucou, ofendida. — Eu não fui leviana e, assim que houve abertura da sua parte, eu te perguntei se você queria prosseguir, eu te expliquei...

— Então, você admite que usou a nossa história para se aproximar e conseguir o que queria — ele interrompeu. — E ainda esperava que eu acreditasse, depois que vi a matéria estampada na revista, naquele tom, que você não tinha feito isso? Você exige demais de mim, Helena.

— O compromisso que eu assumi com você foi verdadeiro. Sim, fui te procurar para fazer a matéria e sim, admito, pensei que você reagiria menos mal à minha presença do que à de outro repórter. Foi um erro. Mas não sou uma pessoa oportunista, calculista... — sua voz sumiu, embargada pelas lágrimas. Ergueu-se, passando as mãos nos olhos.

Juliano se aproximou dela e segurou seus braços.

— Pois, vinte anos atrás, eu deixei este país convicto de que a mulher que eu amava havia me traído com o meu melhor amigo e, depois, fiquei sabendo que tinha se casado com ele. Tente ver as coisas pelo meu lado! Quando vi aquela matéria publicada, depois de tudo o que a gente tinha passado juntos, foi um pesadelo se repetindo! Como eu podia pensar qualquer coisa diferente?

Helena engoliu em seco.

– Pois olhe *você* as coisas pelo meu lado, Juliano. Ouça o que está dizendo. Deixou o país *convicto*? Uma vez que você faz seu julgamento, não leva mais nada em consideração. Passou pela sua cabeça, em algum momento, que poderia estar errado?

– Passou! E eu voltei correndo só para te encontrar nos braços dele, naquele pátio!

Os dois se calaram de repente, ofegantes. Desviaram o olhar um do outro, ouvindo os ecos das palavras, revivendo as acusações e desconfianças feitas há muito tempo como se tivessem acontecido ontem.

– Esta discussão não tem sentido – murmurou Helena, desejando que ele fosse embora e a deixasse em paz de uma vez por todas. – Agora você sabe que eu não estava nos braços dele e age como se isso fosse verdade. Sabe que não publiquei aquela matéria, mas age como se eu fosse capaz de fazer isso. Não vê que é impossível manter um relacionamento desse jeito?

– É. Não faz sentido para você. Fui eu quem interpretou tudo errado. Eu sei que pedir desculpas por isso nunca vai ser suficiente, já que você acredita que fiz um julgamento equivocado do teu caráter – ele falou, num tom mais calmo, mas dolorido, meneando a cabeça. Depois voltou a encará-la. – O que você não entende é que não me importa o seu caráter – falou, se aproximando de seu rosto.

Helena queria se afastar, mas suas pernas não obedeceram. Juliano continuou:

– Não importa. Eu sempre amei você do jeito que é, mas o que eu não podia, e não posso suportar é a ideia de que o que sente por mim não seja verdadeiro! Eu saí daqui aos dezessete anos acreditando que você gostava do Paulo César por isso se casara com ele. E acreditei que estava usando a nossa história para conseguir um furo de reportagem. Eu sou um idiota por ter acreditado nisso, mas, no fundo, Helena... Eu só não conseguia acreditar que você gostasse realmente de mim.

Diante do silêncio dela, Juliano respirou fundo. Ficou alguns minutos recobrando o fôlego, antes de se encaminhar em direção à porta. Parou ao lado do envelope que ficara sobre o aparador, junto à entrada.

– O que você sente por mim, Helena? – ele perguntou, de repente, e se voltou para ela. –Você nunca disse que me amava. Nem mesmo quando éramos adolescentes. Nunca. Nem uma única vez.

Juliano a encarou intensamente. Em seguida, apertou os olhos, como se o silêncio fosse doloroso demais para suportar e continuou seu caminho. Fechou a porta atrás de si.

Paralisada por aquelas palavras, pela constatação, Helena não conseguiu reagir. Jamais tinha se dado conta disso. Repetia para si mesma tantas vezes por dia que o amava que jamais percebera que nunca dissera isso a ele.

CAPÍTULO 11

O prédio em estilo clássico-romano ficava sobre um monte, cuja vista dava para a cidade de Florença. Na fachada, um cartaz imenso anunciava a exposição inaugurada há uma semana. Helena leu: "*O caminho menos percorrido de Juliano Sampaio*", escrito em italiano. Não havia nenhuma imagem que lhe desse uma pista de que tipo de pinturas encontraria. Seriam os mesmos quadros que expusera no Brasil?

O convite para a inauguração da exposição havia sido entregue em sua casa no mês anterior. Não havia nenhuma carta ou bilhete acompanhando o cartão, cujo envelope viera manuscrito em seu nome e trazia apenas as informações do local e horário, na galeria da Academia de Belas Artes de Florença. Era difícil saber se Juliano o enviara apenas por formalidade ou se realmente desejava que fosse.

As palavras que nunca dissera a ele estavam presas em sua garganta. Durante os quatro meses de afastamento, interrogações martelavam sua cabeça incessantemente. Deveria ter corrido atrás dele? Deveria ter impedido que partisse? Não conseguira chegar a uma conclusão. Mas a presença de Juliano, ao contrário do que supunha, não se tornara mais distante, se intensificara a ponto de, por vezes, ter certeza de que abriria os olhos e estaria em seus braços.

A decisão de ir para Florença emergira de dentro de seu coração sem que sua racionalidade conseguisse impedir. Na manhã da abertura da exposição, fora despertada com palavras sussurradas em seu ouvido. Não havia som, apenas a sensação de uma intenção materializada, que adentrava seus sentidos e se traduzia na forma de uma constatação inabalável: só seria feliz ao lado dele.

E, naquela manhã, entendeu que a única coisa que os separava era seu medo. Medo de se entregar. Medo, como dissera Vittorio, de acolher dentro de si aquele amor passional. Medo de sentir o mesmo e perder a ilusão de controle que mantinha de sua vida, de seus sentimentos. Medo, apenas medo.

Helena jamais dissera a ele que o amava. O tempo todo atribuíra a ele o fracasso do relacionamento. Afinal, não havia confiança. Mas o que dera a ele para confiar? E pôde avaliar o quanto havia se protegido por trás da sua própria racionalidade, em contraste com a paixão explosiva dele. Ainda precisava aprender a se entregar de verdade.

Ao entender isso, abriu seu laptop e remarcou a passagem que Juliano lhe deixara para a data mais próxima que houvesse.

Desembarcara há três dias, em Roma, onde ficara hospedada em um hotel pequeno, mas charmoso e bem cuidado, por recomendação de Vittorio, antes de pegar o trem para Florença. Ali conseguira lugar em uma pensão ainda menor que o hotel, mas de excelente qualidade. Chegara naquela manhã e rumara direto para a Academia de Belas Artes.

Helena não tinha certeza se iria encontrá-lo. Vittorio fizera contato com alguns amigos para saber se Juliano estava na cidade e soubera que ele retornaria de Milão em dois dias, o tempo da chegada de Helena à cidade. O fato de não ter falado com ele a deixava apreensiva. De repente, foi assaltada por uma insegurança tão grande que quase pegara o avião de volta. E se tivesse enganada? E se tudo o que sentira fosse fruto de sua imaginação? E se ele não quisesse realmente vê-la?

A escadaria que levava à entrada do edifício estava cheia de gente. O sol do verão italiano era quente, todos estavam de bermuda, camiseta e roupas leves, inclusive Helena. Usava um vestido de malha fria verde-claro, com flores miúdas e discretas, comprido, sem mangas, um casaquinho leve nos ombros, e uma sandália baixa. Deixara o cabelo solto nas costas, prendendo apenas as mechas na frente com presilhas.

Helena observou a movimentação alegre das famílias e casais, ainda sem coragem de subir os degraus, o peito apertado de angústia. Ligara para a casa onde Juliano estava hospedado assim que chegou à pensão, mas mal conseguiu se comunicar com a jovem que atendeu o telefone. Conseguiu entender, no entanto, que ele não estava.

Deu o primeiro passo em direção à escada.

Subiu o primeiro degrau.

Os seguintes foram mais fáceis. Ao chegar ao topo, atravessou as colunas altas, ladeadas por esculturas enormes de mármore. O ar estava fresco ali dentro. Esfregou os braços, o coração acelerado, enquanto entrava no salão principal. Havia um painel com o rosto de Juliano e um texto em italiano, com o nome da exposição. Ao lado, outro painel com a imagem de uma das telas da mostra. O vermelho intenso saltou sobre seus olhos, que se encheram de lágrimas.

O corpo estendido languidamente, com formas sombreadas, mergulhadas no fundo rubro, se destacava, como se desejasse sair da pintura para trazer o pintor para junto de si. Era o quadro sobre a cama de Juliano, na casa de Santo André.

Era o *Helena XII*.

Continuou andando, a garganta seca de nervoso. A entrada para a galeria ficava no fim do corredor, em frente a um janelão de vidro, que deixava entrar um facho de luz, tornando o ar enevoado, irreal. O guarda de segurança na porta sorriu para ela e a cumprimentou.

Ela prosseguiu e se deparou com uma sequência de telas imensas, em tons que variavam do amarelo suave ao vermelho intenso. Em todas se via uma figura feminina, as feições de um rosto, a silhueta de um corpo. Parou, sem conseguir respirar, diante da primeira pintura, *Helena I*, e pôde sentir a intensidade da raiva dele através das pinceladas e das cores em tons de roxo, preto e vermelho. Ergueu a mão para tocá-la, mas se deteve a tempo.

No *Helena II*, teve a impressão de que a raiva havia se transformado em ódio e, uma vez liberada pela primeira pintura, adquirira uma intensidade ainda maior. As linhas de seu corpo deixavam entrever uma postura de afastamento, os braços se fechavam sobre o colo, o rosto estava voltado para o lado oposto ao facho de luz, que orientava o sentido da pintura, e a definição dos traços se perdia na sombra.

Ao lado deste, encontrou o *Helena III* e sentiu uma pontada no coração. Era o único da série que continha duas figuras: um homem e uma mulher entrelaçados, confundidos, mas olhando em direções opostas. Ambos estavam destacados de tal forma que dava a impressão de estarem sendo observados por uma terceira pessoa. O local onde esta pessoa estaria era marcado por uma confusão de cores, texturas e volumes que transmitiam confusão, dor, fragmentação.

Antes de olhar o *Helena IV* com atenção, desviou para as outras pinturas que circundavam as paredes e se estendiam para outra galeria. Sua garganta doía com a tentativa de conter o choro, as lágrimas escapavam do canto dos olhos. Aquela sequência inicial, tão violenta quanto as imagens de sua última exposição no Brasil, era perturbadora e reveladora demais para suportar.

Como Juliano lhe dissera, a tela *Helena VI* começava a refletir a transformação de um sentimento de raiva em uma suavização gradativa. Os gestos retratados sugeriam um desejo de reaproximação e pôde relacionar aquela imagem com o momento de sua separação de Paulo César. Não havia um observador, apenas uma figura feminina que parecia buscar um rumo, um caminho. Juliano nem sequer sabia, até o dia em que se reencontraram em Santo André, que Helena havia se separado. Como ele podia ter pintado aquilo?

Vozes estranhas a fizeram perceber que não estava sozinha na galeria. Enxugou o canto dos olhos com a ponta dos dedos, discretamente, e se dirigiu ao cômodo seguinte. Havia um grupo de alemães, com cinco pessoas, avaliando as imagens. Ali, encontrou o *Helena XII* destacado sob uma iluminação particular, no centro de uma das paredes. Havia uma pequena placa ao seu lado, com um texto em italiano que ela não conseguiu entender direito, mas continha a palavra "amore". Estava assinado por um crítico de arte de um jornal europeu.

No aposento seguinte, se deparou com a continuidade da série e precisou colocar a mão em frente à boca para conter os soluços que saltaram de seu peito. À sua volta, sob os fundos claros em tons suaves de cinza, que davam a impressão de lençóis revirados, um corpo lânguido e sensual tinha pinturas desenhadas na pele, harmoniosamente combinadas, ressaltando volumes, iluminando detalhes íntimos, destacando uma mecha de cabelo, o contorno da boca. Intensamente eróticas e, ao mesmo tempo, delicadas, as telas emanavam uma vibração que não podia descrever com outra palavra que não fosse amor.

As lágrimas desceram livres pelo seu rosto. Ficou parada na porta, olhando e recordando as sensações de quando ele pintara sobre seu corpo, imersa no brilho que emanava das pinturas e nos raios de sol refratados pela janela da galeria. Sentia como se estivesse no quarto dele, em Santo André, ouvindo o som das ondas quebrando na praia e a maciez dos lençóis sob sua pele.

– Em geral, as telas ficam expostas em locais preservados da luz e do calor, para não danificar a pintura.

Helena se voltou imediatamente, ao ouvir a voz atrás de si. Encontrou Juliano perto da porta, sorrindo. Ele continuou.

– Mas pedi que colocassem estes quadros aqui, nesta sala... Era aonde eu costumava pintar quando cheguei a Florença. Foi onde tive aula pela primeira vez. Gosto do facho de sol que entra e torna o ar nebuloso, como um sonho. Era a mesma sensação que eu tinha quando acordava com você nos meus braços.

Helena sorriu de volta, sem conseguir parar de chorar, mas agora, era uma espécie de alívio, uma alegria difícil de traduzir.

Juliano havia cortado o cabelo na altura do queixo. Continuava reto, divido de lado, e cobria parcialmente seu rosto. Ele estendeu a mão para tocar as mechas aneladas que caiam sobre os ombros de Helena, como costumava fazer.

– Você está linda.

– Você também – ela retrucou, sentindo o calor de sua mão próxima ao seu rosto. Reparou que estava envolta em uma faixa elástica cor da pele em torno da palma e do pulso. Segurou-a e a beijou. – Como você está?

Ele acariciou sua face.

– Melhor do que nunca.

– Sério. Como está sua mão?

– Vai ficar boa – ele respondeu, depois ergueu os olhos em direção aos quadros. – O que você achou? – indagou, sem questionar sua presença ali, como se a vinda dela fosse esperada.

Helena se voltou para as telas mais uma vez.

– Eu não tinha ideia... Não podia imaginar... – murmurou, sem conseguir expressar o que sentia.

– Pois eu imaginava você todos os dias. A única forma de tirar essas imagens de dentro da minha cabeça era transportando-as para a tela.

Antes que terminasse de falar, Juliano tocou suas costas e a conduziu para a última sala da exposição. Helena se deixou levar, ainda tremendo por dentro, sem conseguir prever o que mais ele poderia ter pintado.

A sala estava escura, pois não tinha janela nem iluminação geral. Cada uma das telas tinha um foco de luz próprio. Seu rosto estava retratado nos menores detalhes: na parede central, a tela que ele pintara em sua adolescência, no primeiro dia de aula; as demais a mostravam como Helena estava hoje. Eram como fotografias tiradas nos dias que passaram juntos em Santo André. Em uma delas, seu rosto trazia o brilho dourado da areia que mostrara a ele na praia. Em outra, estava pensativa, de perfil contra o mar e o horizonte, como no dia em que ele mostrara a varanda de sua casa.

– Espero que não se importe com o fato de eu ter exposto você desta maneira – ele murmurou, num tom leve.

Helena mal conseguia respirar. Já desistira de conter o choro há muito tempo. Não sabia o que dizer diante daquilo. De repente, Juliano a envolveu pela cintura com o braço, colando seu corpo ao dela. Segurou o braço dele contra si, sentindo como se o chão tivesse desaparecido debaixo de seus pés. Ele aproximou a boca de seu ouvido e murmurou:

– Desde que cheguei aqui só tenho pensado em você. E sei que você tem pensado em mim.

Helena ergueu o rosto e sentiu a pele da face contra o cabelo macio dele, zonza com o calor, o perfume e teve a mesma sensação de quando sentia sua presença enquanto estavam tão longe um do outro.

– Sabe? – indagou, com um fio de voz.

– Você nunca esteve longe de mim, Helena. Nem por um segundo...

Ela se voltou e o abraçou, buscando seus lábios, erguendo-se na ponta dos pés para beijá-lo. Juliano apertou-a com tanta força que foi suspensa no ar, as mãos deslizando por suas costas, segurando sua nuca, seu cabelo.

O mundo deixou de existir naquele momento. Nunca Helena teve tanta certeza de que o amava, nunca teve tanta certeza de que não havia mais a menor possibilidade de ficar longe dele. Quando seus pés desceram ao chão e os ouvidos voltaram a captar sons à sua volta, percebeu que o grupo de alemães adentrara o recinto.

Os cinco tentavam disfarçar a curiosidade, mas era impossível, diante do fato de estarem na presença do artista e de sua "musa inspiradora". Eles olhavam discretamente, conferindo, de vez em quando, a imagem retratada de Helena com a imagem real dela.

Constrangida, Helena se afastou um pouco dele.

— Desculpe — disse Juliano, rindo. — Acho que acabei com a sua privacidade.

Helena riu.

— Não importa. Não tenho nada para esconder. Todos os meus segredos estão nestes quadros.

Ele ficou sério, de repente.

— Todos?

— Como pode ter duvidado do que eu sinto por você, Juliano, se esteve presente em cada segundo da minha vida?

Ele permaneceu calado, encarando-a.

— Eu te amo. Eu nunca deixei de te amar — ela continuou. — E a cada instante que você se aproximava de mim, que pensava em mim, eu queria, eu pedia, que fosse real.

— Sempre foi real — ele retrucou, segurou seu rosto com ambas as mãos e beijou sua boca mais uma vez. — Só existe um caminho possível, Helena. Junto com você.

Impressão e acabamento
Gráfica Oceano